시
詩 로 만난
벗 들

이 도서의 국립중앙도서관 출판시도서목록(CIP)은 e-CIP 홈페이지
(http://www.nl.go.kr/ecip)에서 이용하실 수 있습니다.
(CIP 제어번호 : CIP2017023555)

시詩로 만난 별들

2017년 9월 13일 초판 1쇄 인쇄
2017년 9월 25일 초판 1쇄 발행

지은이 | 장재선
펴낸이 | 孫貞順
펴낸곳 | 도서출판 작가
　　　　서울 서대문구 북아현로 89 버금랑빌딩 2층
　　　　전화 | 365-8111~2 팩스 | 365-8110
　　　　이메일 | morebook@morebook.co.kr
　　　　홈페이지 | www.morebook.co.kr
　　　　등록번호 | 제13-630호.(2000. 2. 9.)

편집 | 이승철 손희 이창원
디자인 | 오경은
영업 | 손원대
관리 | 이용승

ISBN 978-89-94815-69-5 03810

값 14,000원

詩로 만난

별들

장재선 지음

그가 반짝일 때 나도 환했다

작가

가까이 보이는 듯 멀리 있는 존재. 그게 별입니다. 대중문화 스타들도
그렇지요.

우리 대중문화를 빛낸 인물들을 기자로서, 혹은 친구로서 만나면서 알
수 있었습니다. 그들이 희로애락을 지닌 인간으로서 이웃들과 얼마나 가
깝게 살고 싶어 하는지를. 유명세를 누리는 대가로 각종 소문에 시달리
며 얼마나 고통받는지를.

물론 그들 중에는 스스로 별종의 인간이라는 허위의식에 사로잡혀 있
는 이도 있습니다. 겸손하고 서그러운 이미지를 연기하지만 실제로는 스
타 의식에 빠져 오만하고 불친절하지요.

하지만 대부분 성실한 생활인입니다. 그들도 하고 싶은 일을 하며 살
기 위해 치욕을 견디고, 어느 날 다가온 행운을 붙들기 위해 안간힘을 씁
니다. 성공의 정점에서 침체기를 겪은 후 바닥을 딛고 다시 일어서기 위
해 주변 환경과 생애를 걸고 사투를 벌입니다.

이 책은 그런 스타들의 이면을 담고 있습니다. 어느 책과 다른 것은 산
문이 아닌 운문, 즉 시詩의 형식을 빌렸다는 것입니다. 한때는 딴따라로
불리기도 했던 이들을 이른바 순수문화의 대명사인 시의 대상으로 삼았
다는 것. 대중─순수 문화의 경계를 가로지르는 작업이라고나 할까요.

개인적으로는 한 문인 단체의 위원장 노릇에 값하는 일이기도 합니다.
그 위원회는 문학의 생활화를 내세우고 있습니다. 쉽고 재미있으면서 여
운이 있는 시를 만드는 것은 한 소임이지요.

6

40편의 이야기를 3부로 나눠서 담았습니다. 1925년생인 배우 황정순부터 1990년대에 태어난 소녀시대까지 시간 순서로 구성을 했습니다. 각 세대별로 친숙한 스타들을 통해 동시대를 함께 살아온 공감을 나눴으면 합니다. 독자에 따라서는 특별히 호의를 느끼는 이들 것만 따로 골라 읽어도 괜찮은 독법일 것입니다.

각 스타의 프로필 에세이profile essay는 제가 그들을 만나며 새로 알게 된 정보와 흥미롭게 느꼈던 이야기를 담았습니다. 생애의 기록은 위키백과, 개인 회고록과 홈페이지, 그리고 각종 인터뷰 기사 등을 두루 확인해서 재구성했습니다.

제가 여기 나오는 스타들을 접하고 시를 얻을 수 있었던 것은, 역시 신문사에서 일한 덕분입니다. 노둔한 제가 일간지에서 일할 수 있도록 이끌어 주신 이병규 회장님과 동료들께 감사 인사를 드립니다. 특히 문화부의 뛰어난 기자들과 매일 교감하는 것을 큰 복이라고 여깁니다.

또한 작가출판사 대표인 손정순 시인과 오경은 디자이너 등 편집진께 고개를 숙입니다. 미흡한 글을 멋진 책으로 만들어 내셨습니다.

사진을 제공해 준 분들께 특별히 고마움을 표합니다. 덕분에 우리가 대중문화를 통해 만났던 다채로운 빛이 여기 오롯이 머무를 수 있게 됐습니다.

이름만 불러도 내 마음이 환해지는 아로아와 서하, 서현! 가족이란 이름으로 모여 우리 시대 문화를 함께 향유하는 벗으로 살아가는 것을 행복하게 생각합니다.

이천십칠년 가을에
장재선

차례

3부 푸른

그대 여름 정원의 푸르름이 내 시간도 물들인다

1부 은은한

우리가 만난
시간의 공으로
별들도 빛난다

하늘로 가시기 두 해 전의 말씀

— 배우 황정순

어려웠던 지난 시절에
사람들 모두 정신없이 뛰었고
나도 일에 파묻혀
여기까지 왔어요

팔십칠 년의 생애 동안
남은 것은
아쉬움이지요
왜 그때 더 잘하지 못했을까

한국의 어머니로 불리며
연기에 몰두하는 동안
내 아이들에게
사랑을 많이 주지 못했어요

작품 속에 산다는 게
고맙고 고마운 일이나
세상 떠나는 날까지

아쉬움은 남겠지요

당부하나니
지금 옆 사람에게 잘하세요
그렇게 살아야
후회하지 않아요.

황정순 (黃貞順, 1925~2014)

2012년 2월 서울 종로구 관훈동의 한 식당. 원로 배우 최은희, 신영균, 남궁원, 이해룡, 태현실, 윤양하, 최지희, 김영인, 고은아 등이 모였다. 1950~1960년대 한국 영화계를 빛낸 스타들을 중심으로 한 '신우회' 모임이 있었기 때문이다.

신우회는 신영균 전 영화인협회 이사장이 원로 배우들의 모임을 제안해 탄생했다. 매번 모일 때마다 배우들이 차례로 밥을 사며 친목을 다져 왔다고 했다. 또 조금씩 기금을 모아 건강이 나쁘거나 어려운 형편에 있는 원로 배우들을 후원해 왔다.

비공개 모임이기 때문에 언론사 기자를 부르지 않지만, 나는 이날 초대를 받았다. 원로 배우들과 조금 친분이 있었던 덕분이다.

이날 인상적이었던 것은, 노경에 접어든 후배 배우들이 선배에 대해 깍듯이 예우를 차리는 것이었다. 당시 80대에 접어든 신영균이 들어서자 70대의 김영인은 허리를 굽혀 인사했고, 자리에 앉아 있던 윤양하도 일어나 예의를 갖췄다.

나이 들어서도 여전히 매력적인 외모를 갖고 있는 남궁원의 여유 있는 모습을 직접 보는 것도 좋았다. 훤칠한 키의 그는 입장한 후에 잠시 제자리에 앉아 있다가 다시 선 채로 여배우들의 담소를 느긋한 표정으로 지켜보며 연신 미소를 띠었다.

이날 가장 늦게 입장한 이는 역시 최고령 배우인 황정순이었다. 그녀가 손녀딸의 부축을 받고 방에 들어서자 모두들 반색을 해 분위기가 아연 활기를 띠었다. 당시 원로영화인협회장을 맡고 있던 최지희는 황정순의 얼굴에 자신의 볼을 비비며 각별한 애정을 표현했다. 두 사람은 모녀지간처럼 정을 나눠 온 사이라고 했다.

그날 모임이 끝난 후, 나는 황정순을 따로 만났다. 당시 그녀는 건강이 좋지 않아 외출을 삼가고 있는 중이었다. 그녀는 말을 하고 듣는 게 여의치 않았지만 따스한 품성이 느껴지는 특유의 음성으로 차분하게 이야기를 했다. 언론 공식 인터뷰로는 마지막이었을 것이다.

그녀는 명작 〈마부〉(1961)에서 부부로 함께 나온 김승호에 대해 "참 연기 잘하는 분이었다."며 "3~4년 선배였는데 후배가 힘들지 않게 이끌어 주셨다."고 회고했다.

황정순은 평소 온화한 성품이었으나 연기에 있어서만큼은 엄격했다는 게 후배들의 증언이다. 배우 이순재는 "그분의 카리스마와 열정은 아무도 따라올 자가 없었고 후배의 실수에는 매를 들기도 했다."며 "나도 한때 실수로 그분에게 맞아 봤다."고 말한 바 있다. 그녀에게 이순재의 이야기를 전하자 크게 웃음을 터트리며 "나도 모르는 일이지만 그때는 그렇게들 열심히 했다. 돈이 없어서 고생하고 잠도 못 자고 일 속에 묻혀 살았지만 행복하게 생각했다."고 답했다.

황정순은 경기 시흥에서 태어나 서울 동명여고를 졸업했다. 1940년 15세의 나이로 동양극장 전속 극단에서 연기를 배우기 시작해 같은 해 연극배우로 데뷔했다. 1941년 허영 감독의 〈그대와 나〉에서 단역으로 영화계에 등장했고, 1949년 〈청춘행로〉에서 부호의 아들과 결혼한 시골 처녀를 연기하며 주역으로 발돋움했다.

그녀는 1950년대에 부동의 주연 배우로 활약했다. 1956년 작 〈숙영낭자전〉에서 낭자를 맡은 것은 당연했다. 그즈음 〈인생차압〉(1958), 〈어느 여대생의 고백〉(1958), 〈대원군과 민비〉(1959) 등에 출연했는데, 이들 작품의 상대역은 모두 명배우 김승호였다.

그녀는 역시 김승호와 함께 한 〈마부〉에서 고생을 인내하는 어머니

상을 보여줬고, 〈김약국의 딸들〉(1963)에서도 희생적인 어머니 역할을
했다. 그녀가 처음으로 어머니 역할을 한 것은 1960년 작 〈박서방〉에서
였다. 이후 한국적 어머니의 대명사로 불리었다. 물론 〈육체의 고백〉
(1964)에서 클럽의 마담 역을 하는 등 다양한 역할을 했으나, 그녀를 대
표하는 이미지는 모성이었다.

실제로 그녀는 강인하면서도 희생적인 성격의 어머니라는 게 주변
사람들의 전언이다. 6·25전쟁 직후에 자식이 딸린 의사와 결혼, 그 자
식들을 훌륭히 양육했다. 그럼에도 그녀는 배우 생활을 하느라 자식들
에게 온전히 사랑을 쏟지 못했다며 미안하게 여겼다.

한국영상자료원에 따르면, 황정순은 무려 430여 편의 영화에 출연했
다. 〈갯마을〉(1965), 〈말띠 신부〉(1966), 〈어느 여배우의 고백〉(1967),
〈화산댁〉(1968), 〈산불〉(1967), 〈오부자〉(1969), 〈모정〉(1972), 〈부
초〉(1978), 〈장마〉(1979), 〈피막〉(1980) 등이 그녀의 필모그래피를 장
식한다. 가위 한국 영화의 역사라고 할 수 있다.

특히 1967년 희극배우 김희갑과 함께 출연한 〈팔도강산〉은 속편이
이어졌고 TV 드라마로도 만들어질 만큼 인기를 끌었다. 이 작품은 슬
하에 1남 6녀를 둔 한의사 노부부(김희갑, 황정순)가 팔도강산 곳곳에
흩어져 사는 아들과 딸을 찾아 여행을 떠나면서 겪는 이야기를 담고 있
다. 국립영화제작소가 정부 시책 홍보 차원으로 만든 영화였지만, 당대
의 시대상을 잘 반영한 작품으로 평가받고 있다. 황정순은 상대역이었
던 김희갑에 대해 "참 바지런한 사람이었다."며 "연기자인 자신에 충실
한 모습이 보기 좋았다."고 말했다.

그녀는 연기의 본향인 연극 무대에도 활발히 올라서 유진 오닐의 〈밤
으로의 긴 여로〉 등 250여 편에 출연했다. TV 시대가 열리자 드라마 〈보
통사람들〉(KBS1, 1982~1984)에 나와 인자하고 세련된 신식 할머니 역

을 선보이기도 했다.

　제1회 청룡영화상 여우주연상 등 각종 연기상을 받았고, 2006년에 대한민국예술원 회원이 됐다. 2007년 '영화인 명예의 전당'에 올랐다.

스무 살에 만났던 폭설

— 배우 최은희 1

세상이 온통 흰빛이었다.
서대문 동양극장에서 연극을 하는 사이에
눈이 쏟아져
전차도 버스도 끊겼다.
남산 아래 집까지 걸어가는데
눈보라에 뺨을 맞아서
얼굴이 얼얼했다.
이전에도 이후에도 본 적이 없는
폭설이었다.
그래도 가야 한다며
내 남자가 있는 집으로
한 발 한 발 걸음을 옮겼다.
손찌검 버릇이 있긴 하지만
전처의 아이가 있는 몸으로 내게 온
용기가 가엾은 남자였다.
퇴계로 비탈길을 미끄러지고
또 미끄러지며
그 남자가 오늘은 일찍 들어와

불이라도 때 놓고 있으리라,
실낱 같은 소망을 안고
집으로 들어섰다.
그러나
문고리에는 큼직한 자물쇠가
그대로 걸려 있었다.
자물쇠가 손에 쩍쩍 달라붙었다.
그때 내 나이
스무 살 무렵이었다.

내 사랑 신상옥

— 배우 최은희 2

유엔군 낙하산들이 꽃잎처럼 내렸어요.
어머나, 하며 쳐다보고 있으니
함께 도망치던 사람들이 소리쳤어요.
빨리 피하라고.
그 길로 청천강을 건너며 생각했지요.
이 장면을 전쟁 영화로 만들면 좋겠다고.

그 후로 60년,
영화 같은 삶을 살았다고들 하는데
정말로 500년을 산 것처럼
길고 모질었지요.
그래도 인생이 아름다운 것은
사랑의 발자국 소리가
내 가슴을 울렸기 때문이에요.

눈 위에 연애의 발자국을 찍으면서도
영화를 이야기했던 사람,
과거가 있다고 고백하는 여자에게

지금이 소중하다고 말해 준 사람,
내 머리에서 옥수수 냄새가 난다며
소년처럼 눈웃음 짓던 사람,
남과 북의 사선을 같이 넘었던
오직 유일한 남자였던 내 사랑.

노년의 고통은 따로 있기에
지난날의 기억을 버려야 한다지만
당신과 더불어 지낸 시간들은
아직도 내게 있어요.
당신과 함께 만든 첫 영화 〈꿈〉
그 꿈속에 살아 있어요.

최은희(崔銀姬, 1930~)

그녀를 처음 만난 것은 2001년 7월. 북한에서 탈출한 후 미국으로 망명
했다가 한국으로 들어온 지 얼마 안 되었을 때다. 당시 김대중 대통령
이 북한을 방문한 후 김정일 북한 국방위원장의 답방 여부가 큰 관심사
였다. 햇볕 정책에 따른 남북 화해의 분위기가 우리 사회를 휩쓸 때였
다. 그녀는 그런 분위기를 알면서도 김정일이 자신을 납치한 장본인임
을 분명히 밝혔다.

"김정일은 소탈한 성격에 예술에 대한 이해가 깊었지요. 저를 참으로
환대해 줬어요. 남쪽에 있을 땐 바빠서 생일도 잊어버리고 살았는데 거
기서 꼬박꼬박 생일상을 받았지요. 하지만 제가 원하지 않았는데 강제
로 잡아다가 영화를 만들게 한 것은 인권 유린이지요. 생애의 절정기를
그렇게 자유 없이 살았으니…. 그 보상을 누구에게서 받아야 하나요.
김정일을 원망하는 심정이 강해요."

그녀는 그때 회고록을 쓰고 있다고 했다. 지난 세월을 적나라하게 드
러내려 하니까 무척 힘들고 우울하다고 토로했다. 그럼에도 일반인이
잘못 알고 있는 부분을 꼭 바로 잡고 싶다고 했다.

"제 입으로 말하기 민망하지만, 6·25 때 제가 국군과 인민군에게 모
두 성폭행을 당해 출산을 못하는 몸이 됐다는 이야기 말이에요. 그런
소문이 있었다는 것을 저는 최근에야 알게 됐어요. 그거 언론인이라는
이 아무개 씨가 자기 책 팔기 위해 소설을 쓴 것입니다. 당시에 저는 네
번째 영화 작품을 하던 신인 배우였는데, 피난을 못 가 서울 거리서 인
민군에게 붙잡혔어요. 인민군 소속 월북 배우인 심영 씨가 저를 알아봤
기 때문이었지요. 그의 강요로 인민군 경비대 합주단에 합류했지요. 그
러다가 엄앵란 씨 삼촌인 엄토미 씨의 밴드와 함께 탈출했어요. 그 과

정에서 저를 붙잡아 국군에 넘겼다는 이 아무개 씨는 그림자도 본 적이 없어요. 그런데 그런 생짜 거짓말을…."

참절한 경험을 털어놓으면서도 그녀의 어투와 몸가짐에서는 절로 품위가 우러났다. 그때 처음 만난 이후로 그녀와 수차례 더 대화를 나눌 기회가 있었다. 그때마다 한결같이 느낀 것은 참으로 품격 있는 영화인이라는 것이다.

가슴 아픈 것은 그녀가 자신이 배우로 살았기 때문에 '영화보다 더 영화 같은' 비극적 경험을 했다고 생각한다는 것. 그러나 그녀는 배우로서의 삶을 단 한 순간도 후회한 적은 없다고 했다.

경기도 광주에서 태어난 그녀는 1943년 '극단 아랑'의 연구생이 돼 연극 〈청춘극장〉으로 데뷔했다. 영화에 데뷔한 것은 1947년. 신경균 감독의 〈새로운 맹서〉라는 작품으로, 일제의 강제 징용에 끌려 나갔다가 해방을 맞이하여 고향에 돌아온 세 청년이 마을 처녀들과 힘을 합쳐 어촌을 재건해 나간다는 계몽물이었다.

영화계에 막 이름을 알리고 있던 그녀는 촬영 감독 김학성의 구애에 못 이겨 동거를 하게 된다. 김학성은 이미 결혼한 경력이 있었는데, 그녀와 함께 살면서 의처증 증세를 보이며 손찌검까지 했다. 두 사람은 결국 헤어졌다.

그즈음에 신인 감독이었던 신상옥이 다큐멘터리 〈코리아〉를 촬영하며 그녀를 출연시켰다. 이것을 계기로 신상옥은 그녀와 자주 만나며 사랑을 키워 갔다. 그녀는 남자와 동거했다가 헤어진 과거 때문에 총각인 신상옥과의 만남을 저어했다. 그러나 신상옥이 워낙 진실하게 그녀를 대하는 것에 이끌려 1953년 결혼을 하게 된다.

1961년작 〈사랑방 손님과 어머니〉 등의 작품을 통해 국내 대표 여배우로 각인된 그녀는 130여 편의 영화에 출연했다. 1964년엔 〈공주님의 짝사랑〉으로 감독에 데뷔했고, 1967년엔 안양영화예술학교 교장에 취임했다.

1978년 1월 홍콩에서 납북된 사건은 한국뿐만 아니라 전 세계를 뒤흔든 뉴스였다. 남편 신상옥도 그녀를 찾기 위해 홍콩으로 갔다가 같은 해 7월에 역시 납북됐다. 납북된 이후 약 8년 동안 이들 부부는 북한에서 활동을 하면서 영화 17편을 제작했다. 이 중 〈돌아오지 않는 밀사〉는 체코국제영화제에서 감독상을, 〈소금〉은 모스크바국제영화제에서 여우주연상을 받았다.

1986년 3월 13일 오스트리아 빈에 있던 도중에 미국 대사관으로 탈출하여 탈북에 성공했다. 이들 부부는 미국으로 망명한 후 "북한 지도자 김정일에 의해 납북이 자행됐다."고 증언했으나, 자진 입북설이 끈질기게 나돌았다.

1999년 한국으로 영구 귀국한 후 2001년 '극단 신협' 대표를 맡고, 이듬해 안양 신필름영화예술센터를 설립했다. 그녀는 신상옥 감독과 함께 영화 예술에의 의지를 불태웠으나 큰 성과를 내지는 못했다. 그러다가 2006년 신 감독이 타계하자 큰 실의에 빠졌다. 이후 외부 활동을 거의 하지 못했으나 '신상옥감독기념사업회'를 만들어 추모 사업을 벌이기 위해 애썼다.

그녀를 만났을 때, 자신이 출연한 작품 중에서 어떤 게 가장 애정이 가냐고 물은 적이 있다. 그녀는 모든 작품에 정이 간다고 했다. 그러면서도 역시 〈사랑방 손님과 어머니〉를 첫손에 꼽았다. 신상옥 감독이 연출해 아시아영화제에서 최우수작품상을 받은 수작이다.

"그 작품에서 사랑방 손님과 어머니가 멀찍이 떨어져 걸어가고 그

사이를 옥희가 오가는 장면은 제 아이디어예요. 두 주인공이 서로 쑥스러워하며 감정을 숨길 때 순수한 아이가 사랑의 다리 역할을 합니다. 그 장면에 지금도 긍지가 있어요."

그녀는 이 영화로 '동양적 미인' 이라는 이미지의 화관花冠을 얻었다. 〈로맨스 그레이〉(1963)에서 바걸 역할을 맡았을 때는 "좋아하는 여배우의 이미지를 깨지 말아 달라."는 팬들의 항의가 영화사로 빗발치기도 했다.

그녀는 대종상 여우주연상을 받은 〈상록수〉(1961), 문예영화의 걸작인 〈벙어리 삼룡이〉(1964), 명성황후 역할을 했던 〈청일전쟁과 여걸 민비〉(1965) 등도 대표작으로 언급했다.

그녀와 신상옥 감독은 '한류 바람' 을 가장 먼저 일으킨 영화인이기도 하다. 〈빨간 마후라〉(1964)를 일본과 동남아에 수출해 크게 흥행시켰기 때문이다. 그녀는 "공군 기지에서 촬영을 하면서 무척 고생을 한 것이 기억에 남는다."며 "한국 영화가 세계에서 점점 더 인정을 받고 있는 것이 참으로 뿌듯하다."고 했다.

니들이 인생을 알아?

― 배우 신구

석양주를 한 잔 하기 위해
운동으로 몸을 살피는
난 이제 석양이지
그래도 깨작깨작 지는 노을은
사양하고 싶어

오랠 구久자를 쓰는 이름 덕분일까
반세기 가깝게 현역으로 조명을 받았고
코미디와 예능 프로그램을 오가며
만만한 할아방이 됐지만
첫마음의 기억은 지금도 또렷해

점심 때 스튜디오가 텅 비면
밥을 먹지 않고
혼자 대본 리딩 연습을 했어
무대 위에 결결이
내 땀방울이 떨어졌지

그게 날 버티게 한 힘이라고 하면
젊은이들이 진지충이라며
고개를 가로젓는다지만
난 그래도 한 마디 할 자격은 되지
니들이 인생을 알아?

신구(申久, 1936~)

그는 평소 술을 즐긴다. TV 예능 프로그램 〈꽃보다 할배〉, 〈윤식당〉 등에서 보여진 것과 같다. 물론 과음으로 몸가짐을 흩트리진 않는다. 연전에 그와 인터뷰를 한 후 소주를 나누면서 속 깊숙이에 있는 이야기를 들었다.

서울에서 태어난 그는 4세 때 아역 연극배우 활동을 한 적이 있으나 청소년기에 연기 생활을 꿈꾸지 않았다. 당대 명문고로 꼽히던 경기고에 진학할 정도로 학업 성적이 뛰어났기 때문이다. 그는 경기고를 졸업한 후 서울대 상대에 시험을 쳤다. 그때 합격했더라면 배우 신구는 없었을지도 모른다.

"속단하기는 어렵지만, 대학 졸업 후에 은행이나 대기업 사원으로 들어가서 지점장 정도로 은퇴를 했겠지요. 제 주변에 그런 친구들이 많거든요."

그는 서울대에 떨어진 후 당시 후기였던 성균관대의 국문학과에 들어갔다가 군대에 입대했다. 4·19 무렵에 제대를 한 그는 대학에 돌아가지 않고 동랑 유치진 선생이 설립한 드라마센터(서울예술대학의 모태)의 연기 지망생으로 들어갔다.

"전무송, 이호재, 반효정 씨 등이 드라마센터의 동기생들이에요. 이진순, 여석기 선생님을 비롯한 교수진이 쟁쟁했지요."

그는 뛰어난 스승들 밑에서 혹독한 훈련 끝에 연기자로 입문하지만, 부모님에게 실망을 줬다는 죄스러움이 컸다고 했다.

"부모님은 내가 좋은 대학을 졸업해 대기업에 들어가길 바라셨을 텐데, 연극을 한다니 실망이 컸을 거예요. 그래도 외아들인 내가 한다고 하니 막지는 않으셨어요. 아버지는 내가 연극한다며 동가식서가숙할 때

돌아가셨어요. 가슴 아프게 가신 것이지요. 어머니는 내가 텔레비전 드라마 하면서 용돈도 드리고 해서 조금은 응어리가 풀리셨을까요, 허허."

그의 본명은 신순기申淳基. 신구라는 예명은 스승인 유치진 선생에게 받은 이름이다.

1962년 본명으로 연극 〈소〉를 통해 연극배우로 데뷔. 1965년부터 현재의 예명으로 배우 활동을 해 왔다. 1969년 서울중앙방송(지금의 KBS) 특채에 합격하여 텔레비전 연기자가 됐고, 1972년 드라마 〈허생전〉으로 일약 이름을 얻었다.

드라마로는 〈물무늬〉(KBS2, 1979), 〈개국〉(KBS1, 1983), 〈은혜의 땅〉(KBS2, 1988~1989), 〈청춘극장〉(KBS2, 1993), 〈왕과비〉(KBS1, 1998~2000), 〈미안하다 사랑한다〉(KBS2, 2004)에 출연했다. 70대 이후에도 브라운관에서 내공을 과시하고 있다. 〈쩐의 전쟁〉(SBS, 2007), 〈김치 치즈 스마일〉(MBC, 2007), 〈가문의 영광〉(SBS, 2008~2009), 〈백년의 유산〉(MBC, 2013), 〈디어 마이프렌즈〉(tvN, 2016), 〈월계수 양복점 신사들〉(KBS2, 2016~2017) 등이 노년에 이른 그의 출연으로 더 빛이 난 작품들이다.

그는 스크린에서도 꾸준히 활약했다. 1973년 한 해에 그가 주연급으로 출연한 〈귀향〉, 〈야간비행〉, 〈홍의장군〉 등이 한꺼번에 개봉했다. 이후 〈파계〉(1974), 〈하와의 행방〉(1983), 〈동반자〉(1984), 〈우리들의 일그러진 영웅〉(1992), 〈8월의 크리스마스〉(1998), 〈반칙왕〉(2000), 〈간큰 가족〉(2005), 〈방울토마토〉(2008), 〈해빙〉(2017) 등의 필모그래피를 쌓았다.

본향인 연극 무대를 잊은 적도 없다. 〈에쿠우스〉, 〈욕망이라는 이름의 전차〉, 〈맹진사댁 경사〉, 〈눈꽃〉, 〈파우스트〉, 〈드라이빙 미스데이지〉 등에서 열연을 펼쳤다. 2000년 이후에도 〈봄날〉, 〈아버지와 나와 홍매와〉, 〈황금연못〉, 〈3월의 눈〉 등에서 관객과 호흡을 함께 했다.

그가 대중에게 보다 친근하게 다가간 것은, 스스로 예상하지 못한 유행어를 만든 덕분이다. 1990년대 후반 이혼이 늘어나는 세태를 반영한 KBS2 TV 드라마 〈부부 클리닉 사랑과 전쟁〉에서 그가 한 대사 '4주 후에 뵙겠습니다'가 큰 인기를 끌었다. 2002년엔 롯데리아 광고를 통해 "니들이 게맛을 알아?"라는 말을 유행시켰다.

"우연이에요. 콘티에 있는 대로 대사를 했을 뿐이에요. 그게 헤밍웨이의 「노인과 바다」를 패러디한 것이잖아요. 그게 왜 입에 오르내릴까 생각을 해보니까 '게'에다가 뭘 대입해도 말이 되니까 그랬던 게 아닐까. '니들이 커피맛을 알아?' '니들이 여자를 알아?' 그것이 아마 재미있었던 듯싶어."

그는 시트콤 〈웬만해선 그들을 막을 수 없다〉(SBS, 2000~2002년)에서 철딱서니 없는 노인네 역할을 맡아서 그때까지 쌓아 왔던 '진지한 배우' 이미지를 벗어던졌다.

"그 전에는 나에게 근엄한 아버지 이미지가 있어서 접근하기 껄끄러운 쪽이었다고 해요. 시트콤 하고 나니까, '이 할아방도 만만하고나', 그랬는지 초등학교 애들이 접근을 해오더라고. 내 벽이 허물어진 것 같더라고. 하기를 잘했다는 생각이 들어요."

그는 연기 활동을 하면서도 신문을 하루 4~5시간 씩 본다고 했다. 그의 시사 상식은 정치, 경제, 사회 분야에 두루 걸쳐 있고, 삼대 세습을 하는 북한 정권이 하루 빨리 무너져야 한다는 등의 소신이 뚜렷했다.

"나는 기성세대의 시각에서 세상을 볼 수밖에 없어요. 하지만 나와 다른 의견도 다 소중하고 귀한 것이라고 생각해요."

현역에게 딴죽 걸지 말라

― 감독 임권택

아무런 희망을 찾을 수 없어
막노동판에서 돈을 벌면
술만 마시던 청춘을 지나왔다고 했다

빵처럼 영화를 찍던 시절에
성공할 리가 없는 것을 하면서도
포기한 일은 없었다고 했다

바람이 부는 만큼 드러누웠다가도
바로 일어서는 풀
그렇게 한평생을 다스렸다고 했다

서양 것을 어설피 흉내 내지 않고
내 것을 제대로 하기 위해
부대끼고 또 부대끼며 살았다고 했다

늙어 영화 만든다고 걱정하는 이들에게
즈그들 일이나 잘하면 좋겠다며
현역에게 딴죽 걸지 말라고 했다.

임권택(林權澤, 1936~)

Profile essay

한국의 대표적인 영화감독이라고 그를 칭하는 데 이의를 제기할 사람
은 없을 것이다. 2015년 102번째 연출 작품 〈화장〉을 발표한 이후에도
계속 작품을 만들고 싶어 하는 영원한 현역.

그의 대표작들은 한국인의 전통적 정한情恨과 정신적 개성을 유려한
영상으로 구현했다는 평가를 듣고 있다. 그러나 한국 대표 감독으로서
인류 보편적 정서를 다루지 못했다는 지적도 있다. 그를 만났을 때 이에
대해 묻자 특유의 말투(어눌한 듯 하지만 문어체의 유장함이 남는)로
이렇게 대답했다.

"내가 21세기 기호에 맞는, 그런 기대치에 근접하는 영화를 만들 수
있다면 좋은 일이죠. 그러나 나는 기왕에 해 왔던, 한국인의 문화적 개
성을 담아 내는 일을 충분히 잘했느냐는 문제와 늘 부대끼고 있어요.
우리의 아름다움이나 흥을 담아 내는 것만 해도 완벽하게 되는 일은 아
닌데, 분수 넘치는 욕심으로 어설픈 것을 이도 저도 아니게 담아 내선
안 되고, 내가 해내기 쉬운 쪽으로 좀 더 완전하게 해내 놓고…."

그는 전남 장성군에서 태어났다. 1950년 광주의 한 중학교에 입학하
였으나 아버지의 좌익 활동으로 인한 도피와 자수, 그리고 어머니의 자
살 기도 등으로 사실상 학업을 중단하고 만다.

"동족끼리 좌우익으로 나뉘어 지구상에서 그런 원수가 없이 싸웠던
시대예요. 초등학교 다닐 때 빨치산 잡아다가 개천에서 총살을 집행하
니까 오라고 해서 구경을 가야 했을 정도였어요. 우리(가족)는 고모부
가 광주 경찰서장을 하고 있었으나 좌익이 많아서 그쪽으로 몰렸어요.
그런 수난의 세월 한가운데를 겪다가 집을 뛰쳐나왔어요."

그는 19세 때인 1953년 가출해 당시 임시 수도인 부산으로 가서 막노동 등을 했다. 영화계에 들어간 것은 군화 장사를 하다가 만난 중개상들과의 인연 덕분이었다. 군화 중개상들이 서울에서 영화사를 차린후 그를 불렀다. 그는 단지 먹고살기 위해 영화판에 들어갔다. 제작부에서 소품 담당을 하다가 연출부가 됐다. 7년 정도 어깨 너머로 연출공부를 하다가 1962년 26세에 〈두만강아 잘 있거라〉를 만들어 감독으로 데뷔했다.

그는 1970년대 중반까지 찍은 70여 편의 영화에 대해서 생계를 위해어쩔 수 없이 만든 작품이라고 자평한 바 있다. 그러나 이 시기에 만든〈잡초〉, 〈증언〉 등은 영화를 통해 인생을 제대로 이야기하고 싶어 하는그의 열망을 담고 있다.

1981년 〈만다라〉 이후 국내외 평단의 주목을 받기 시작했고, 1986년작 〈씨받이〉는 베니스 영화제에서 여우주연상(강수연)을 받았다. 1988년엔 〈아다다〉가 몬트리올영화제 여우주연상(신혜수)을, 1989년엔 〈아제아제 바라아제〉가 모스크바국제영화제 여우주연상(강수연)을수상했다.

1990년 이후에는 〈장군의 아들〉과 〈서편제〉가 연이어 한국 영화 흥행 기록을 경신했다. 1993년 〈서편제〉로 상하이국제영화제 감독상을수상했으며, 칸영화제에서 '임권택 주간' 이 설정되기도 하였다. 2000년에 〈춘향뎐〉이 칸국제영화제 경쟁 부문에 진출했으며, 2002년에는 〈취화선〉으로 칸영화제 감독상을 수상했다.

칸에서 감독상을 받은 그해에 대한민국예술원 회원이 됐다. 2007년부산의 동서대는 그의 이름을 따서 임권택영화예술대학을 만들었다.

그가 평소에 한없이 부드럽고 섬세한 성정의 사람이라는 것은 잘 알려져 있다. 휴대전화로 문자를 하면 그게 단순한 인사말이라도 꼭 직접 답을 하는 성품이다. 여기저기서 찾는 경우가 많은 사람으로서는 쉽지 않은 일이다.

그는 자신의 영화 작업 내용에 대한 비판도 대체로 수용하는 편이다. 그러나 그가 노년에도 작업을 하는 것에 대해 일각에서 회의적 시각을 보내는 것에는 아주 단호하게 말한다.

"영화를 갖고, 완성도 면에서 찢어발기는 것은 얼마든지 괜찮아요. 그밖의 외부적인 것 갖고 이야기하는 것은…. 즈들 일이나 잘할 일이 지…."

그녀의 속 깊은 이야기

— 가수 패티김 1

별은 빛나는 자리를 스스로 지켜야 하니까
누가 나더러 사치스럽다 해도 어쩔 수 없다

무대 의상은 한껏 비싼 것으로 꾸며 왔지만
1만 2천 원짜리 모자 쓰고 친구를 만났다

먹고 싶은 것보다 항상 적게 먹으려 애썼고
운동하기 싫어도 기어이 몸을 움직여 왔으니

젊은 그대여, 매력적이란 말을 자주 해 다오
그런 말을 할 줄 알아야 매너 있는 남자란다

예술을 아는 외국 남자를 만난 것은 행운이나
아이에게 한국을 맘껏 못 가르친 고독은 컸다

별은 외로운 자리를 스스로 지켜야 하니까
누가 나더러 오만하다고 해도 어쩔 수 없다.

뒷모습이 아름다운 이에게

― 가수 패티김 2

당신 노래를 찾아주는 이가
한 사람이라도 남아 있으면
무대를 떠나서는 안 된다고,
조명이 없는 잿빛 세상으로
아직 들어갈 때가 아니라고
간절하게 붙잡고 싶었어요.

박수받을 때 떠난다는 약속
마침내 지키는 게 아름다워
그 모든 아쉬움을 삼켰네요.
55년 무대 인생 보듬는 길
생애의 뒷모습도 살피는 길
당신의 물러남이 이뤄 냈어요.

패티 김(Patti Kim, 1938~)

Profile essay

패티김의 노래는 대부분 '스탠더드 팝'으로 분류된다. 간단히 말하면 서구풍 가락을 지향한다는 것. 그런데 묘하게도 우리나라 사람들이 쉽게 동화하는 슬픔 같은 것이 음색에서 배어난다. 그것은 스스로 말하듯 이 땅의 딸로서의 유전자를 가져서지만, 직접적으로는 국악 영향 때문이다. 그녀는 중앙여고에 다닐 때 몇 개월간 국립국악원에서 창을 배웠고, 덕성여대 콩쿠르대회에서 심청전을 불러 창 부문에서 우승을 하기도 했다. 당시 '목청을 깨기 위해' 밤낮으로 소리를 질러 댔던 게 나중에 서양풍의 노래를 동양인의 정서에 소구하는 그녀만의 개성을 만든 것.

서울에서 태어나 중앙여고를 졸업한 후 1959년 가요계에 데뷔했다. 본명 김혜자金惠子 대신에 서양 가수 패티 페이지를 빌린 이름이 상징하듯 그는 초기에 주로 팝송을 불렀으며, 미국과 한국을 번갈아 가며 활동했다.

1966년 작곡가 길옥윤과 결혼하면서 음악 콤비를 이뤄 〈연인의 길〉, 〈서울의 찬가〉 등 숱한 노래를 히트시켰다. 1973년 성격 차를 이유로 이혼, 명곡 〈이별〉을 발표한 후 1974년 미국으로 떠났다.

이탈리아 사업가와 재혼한 후 1978년 귀국, 1960년대에 그에게 〈초우〉를 주었던 박춘석과 호흡을 맞춰 〈가을을 남기고 간 사랑〉 등 대곡풍의 노래로 대형 가수의 건재를 알렸다.

그녀는 각종 1호 기록을 갖고 있다. 해방 이후 일본 정부가 공식 초청한 최초의 한국 가수(1960), 대중 가수 최초 '리사이틀'이란 표현 사용(1962), 개인 이름을 내건 국내 첫 방송 프로그램 '패티김 쇼' 진행(1967) 등이 그것이다. 1978년 대중 가수로는 처음으로 세종문화회관에서 공연을 했고, 세계적인 공연장인 미국 뉴욕 카네기홀과 호주 시드니 오페라하우스 무대에도 올랐다.

나는 패티김에 대한 특별한 기억을 갖고 있다. 인터뷰 장소로 가기 위해 함께 이동하는 차 안에서 그녀가 상의를 벗었을 때, 민소매 블라우스 차림의 몸에서 와락 탄력이 느껴져 민망했던 것. 그녀의 나이가 60대 중반이었을 무렵이다. 그 이야기를 그녀에게 했더니 깔깔 웃으며 좋아했다.

그녀는 자신의 몸매를 가꾸기 위해 꾸준히 운동을 해 왔다고 했다. "젊었을 때부터 경보와 같은 걷기와 헬스 기구를 이용한 운동을 꾸준히 해 왔다. 정말 운동하기 싫은 날이 있지만, 그때마다 자신을 다독거리며 몸을 움직였다."

그즈음 패티김은 여성 권익 운동을 하는 한국여성단체연합의 후원회장을 맡고 있었다. 그녀는 이혼 경험이 여성 인권에 관심을 갖게 된 계기가 됐다고 했다.

"과거 한국 사회에서는 부부가 이혼하면 100% 여성 잘못으로 치부했다. 1973년에 길옥윤 선생과 이혼했을 때 나도 똑같이 매도를 당했다. 성격 차로 합의 이혼했는데도 '성격 나쁜 패티 김이 길 선생을 찼다'고 소문이 났다. 사람들은 잘 몰랐지만, 그때 이미 우리는 1년 반 동안 별거 중이었다. 별거 중에 다시 합쳐 보려고 했지만 그게 안 됐다."

그녀는 1976년에 이탈리아 사업가(아르만도 게디니)와 국제 결혼을 했다. 그녀는 외국 남성과 결혼을 한 이유를 이렇게 설명했다.

"이혼녀가 돼서 미국에 건너갔을 때 당시 총각이었던 게디니 씨가 내게 잘해 줬다. 그러나 정아(길옥윤과의 사이에서 낳은 딸)를 예뻐하지 않았더라면 결혼하지 않았을 것이다. 남편은 아이들을 차별없이 키웠다. 그래서 정아에게 아빠는 오로지 한 사람이다."

그녀의 남편은 여성에 대한 배려가 몸에 배어 있다고 했다. 충분히 짐작이 가는 말이었다. 그녀가 가수 생활하면서 공연 여행을 숱하게 다녔는데 그게 남편의 배려와 지원이 없었으면 가능했겠는가. 그런데 그녀는 국제 결혼은 힘든 것이라고 솔직하게 토로했다.

"젊은 여성들은 국제 결혼이 영화에서처럼 화려할 것이라고 생각하는데 절대 그렇지 않다. 언어 장벽, 문화, 사상 차이가 심각하다. 예를 들어, 난 아이들에게 한국말을 가르치고 한국식 예의를 가르치려고 본능적으로 노력하는데, 남편은 관심이 없고 아이들은 반발했다."

그때 그녀는 어느 시점이 되면 은퇴하겠다는 계획을 밝혔다. 체력이 되지 않는데 무대에 연연해하며 힘들게 노래 부르는 모습을 대중에게 보이지 않겠다는 뜻이었다. 실제로 그녀는 2012년 은퇴를 선언하고 1년간의 이별 콘서트 투어를 통해 전국의 팬들과 이별을 고한 뒤, 이듬해 10월 마지막 무대를 펼쳤다.

명자, 지미, 그리고 나

— 배우 김지미

"리즈 테일러와 나를 비교하지 말라.
나는 나다."

명자明子라는 일본 이름으로 태어나
17세 때부터
대한민국 여배우 지미芝美로
살아 온 그녀가
나는 나다, 라고 말하는 순간

그녀를 모태로 세상에 나온
700편의 영화도
어느 하나 숨으려 하지 않고
환한 빛 속에
제각기 당당했다.

김지미(金芝美, 1940~)

충남 대덕에서 태어났다. 본명은 명자明子.

광복 5년 전에 태어난 그녀는 한국 현대사에서 일본식 이름이 주는 역사성을 잘 알았다. 훗날 영화 〈명자아끼꼬-소냐〉(1992)의 제작자이자 주연 배우로서 자신의 본명을 빌려 준 것은 그 때문이었다.

1957년 17세의 나이로 영화 〈황혼열차〉에 캐스팅돼 스크린에 등장했다. 김지미의 회고에 따르면, 덕성여고 3학년 때 작은 어머니가 명동에서 운영하던 다방에 들렀다가 우연히 김기영 감독의 눈에 띄었다. 그녀는 배우가 될 생각이 없었으나, 김 감독이 집까지 찾아와 영화 출연을 제의하는 바람에 고심 끝에 승낙했다.

이듬해인 1958년 홍성기 감독의 〈별아 내 가슴에〉로 스타덤에 오른 그녀는 이전의 스타 여배우들에게는 없는 독특한 매력을 과시했다. 예명 '지미芝美'의 뜻대로 난초 같은 청초함의 대명사였는가 하면 또렷한 이목구비가 돋보이는 서구적 외모에서 대담함이 풍겨져 나오기도 했다.

1950년대 후반~1960년대 초반에는 당대 최고 배우였던 최은희 등의 선배와, 1960년대 중후반에는 남정임, 윤정희, 문희 등의 후배 트로이카와 경쟁을 했다. 이 시기에 〈대원군과 민비〉(1959), 〈카추사〉(1960), 〈장희빈〉(1961), 〈춘향전〉(1961), 〈낙동강 칠백리〉(1963), 〈불나비〉(1965), 〈댁의 부인은 어떠십니까〉(1966), 〈육체의 길〉(1967), 〈춘희〉(1967), 〈황진이의 첫사랑〉(1969) 등에 출연했다. 김지미는 한꺼번에 30여 편을 촬영할 정도로 인기를 누렸다.

1970년대에도 〈무영탑〉(1970), 〈잡초〉(1973), 〈토지〉(1974), 〈육체의 약속〉(1975), 〈을화〉(1979) 등을 통해 건재를 과시했다.

1980년대 중반엔 영화사 지미필름을 차려 한국 영화사에 남는 명작

〈길소뜸〉(1985), 〈티켓〉(1986) 등을 임권택 감독과 함께 만들었다. 제작자이면서도 스스로 주연을 맡아 절정의 연기력을 과시했다. 그 직전에 역시 임 감독과 함께 했던 〈비구니〉(1984)는 승려들의 항의 시위로 촬영이 중단되는 사태를 맞기도 했다. 이 작품은 뒤에 한국영상자료원에 의해 부분 복원돼 상영됐고, 김지미가 한겨울에 나신裸身으로 강에 뛰어드는 연기 투혼을 보여 준 장면이 화제를 낳았다.

1990년대 들어서는 연기보다는 영화 관련 사회 활동에 주력했다. 특히 1995년부터 2000년까지 영화인협회 이사장을 지내며 스크린쿼터 사수 운동에 앞장섰고, 영화진흥위원회 위원으로도 활동했다.

한국을 떠나 미국으로 갈 때까지 40여 년간 현역으로 활동하며 공식 기록으로만 370여 편의 작품에 출연했다. 그녀는 "실제로는 700편 넘게 출연했다."고 말한 바 있다. 그동안 청룡영화상과 대종상 등을 20여 회나 수상했다.

영상자료원은 2017년 '매혹의 배우, 김지미' 특별 상영전을 열었다. 김지미의 데뷔 60주년을 기념한 회고전으로, 그녀의 대표작 20편을 상영했다. 주로 미국에 머물며 한국 영화인들과 교류하지 않던 그녀는 특별전 개막식에 참여해 자신을 기억해 주는 이들에게 감사를 표했다.

그녀의 회고전이 처음 열린 것은, 2010년 부산국제영화제서였다. 한국영화의 대부로 불리는 김동호 당시 부산영화제 집행위원장이 추진한 것이었다. 김 위원장의 간곡한 요청에 따라 그녀는 로스앤젤레스에서 일시 귀국했다.

나는 영화 담당 기자로서 그녀를 만나기 위해 서울에서 부산으로 내려갔다. 영화제 레드 카펫에서 김지미는 여신女神이었다. 한껏 꾸민 젊은 여배우들의 반짝거림 속에서도 그녀의 자태는 돋보였다. 당시 만 70

세웠던 노배우 김지미의 아우라는 세월을 무색하게 만들었다.

개막식에서 영화제 집행위원인 후배 연기자 강수연과 함께 맨 앞자리에 앉은 그녀는 대형 화면이 자신의 모습을 비출 때마다 만면에 환한 웃음을 띠며 팬들에게 화답했다. 그녀의 바로 뒷자리엔 신영균, 신성일, 남궁원, 윤정희 등 그녀와 더불어 한 시대를 풍미한 원로 배우들이 앉아 개막식을 지켜보고 있었다.

바로 그 직전에 김지미는 영화인 명예의 전당에 입성했다. '화려한 여배우'라는 타이틀로 경기 남양주시 영화종합촬영소에 그녀의 동상이 세워진 것. 그 소식을 듣고 그녀에게 축하 전화를 했다. 김지미는 "영화계에 훌륭한 분들이 많은데 제가 선정이 됐다니 처음엔 당혹스러웠다."면서도 "은퇴 해프닝 한 번 없이 오로지 영화 외길을 걸어온 공적을 인정해 주신 것."이라고 담담히 말했다.

김지미가 부산영화제에 참석한다는 이야기를 들었을 때, 다시 전화를 걸어 만나자고 했다. 그녀는 "이번 영화제에선 공식 행사 참석 이외에 어떤 언론과도 인터뷰는 절대 하지 않겠다."고 극구 사양했다. 그녀와 작품을 함께 한 적이 있는 임권택 감독에게 부탁을 했다. 김지미를 만날 수 있도록 그녀에게 이야기를 넣어 달라고.

개막식 직후 그녀에게 다가가서 인사를 했더니 무척 놀랐다. 그러면서 "여기까지 왔으니 어쩔 수 없네. 이따 호텔 커피숍에서…."라고 했다.

그녀가 머물고 있는 호텔 커피숍에서 마주 앉은 것은 저녁 8시쯤이었다. "나에게 뭐 들을 말이 있다고 왔어? 그렇지 않아도 임권택 감독이 이야기를 하더라. 자네가 괜찮은 사람이라고 칭찬을 많이 하더구만." 대뜸 반말이었다. 젊은 시절의 미모가 여전히 얼굴에 남아 있는 노배우의 말투로는 거칠었으나, 내용은 나를 편하게 해주려는 것이었다.

시쳇말로 '츤데레'라고 할까. 후배 영화인들이 그녀에 대해 '여장부'라고 표현하는 이유를 알 만했다.

김지미는 과거에 갈등 관계에 있던 후배 영화인들에게 미움을 갖고 있지 않다고 했다. 그녀가 1995년부터 이끌었던 영화인협회는 진보적 성향의 충무로포럼과 대립각을 세웠다. 충무로포럼은 1998년에 당시 젊은 영화인인 명계남·문성근 등이 만든 모임이었다.

"걔네들도 여기 영화제에 왔나? 나는 못 봤는데, 혹 보게 되면 잘하라고 등을 두드려 줄 것이다. 격려하고 싶다."

그러면서도 그녀는 뼈 있는 소리를 했다. "배우가 정치색을 띠면 안 된다. 오로지 좋은 연기자가 되는 데 전력을 다해야 한다. 배우가 반쪽짜리 박수를 받아선 안 된다."

배우가 정치색을 띠면 안 되는 것인지에 대해선 이견이 있을 것이다. 또한 그녀가 자신의 말대로 비정치적으로 살아왔는지에 대해서도 반론이 있을 것이다. 그럼에도 어느 권력에도 굽히지 않겠다는 배우로서의 자존심만큼은 누구라도 인정하지 않을까 싶었다.

그녀는 회고전에서 상영되는 자신의 작품 중에서 〈길소뜸〉과 〈티켓〉에 대한 각별한 애정을 피력했다. "영화는 사회를 반영하는 거울이고 시청각 교재다. 우리 역사와 현실이 좋은 소재다. 한국전쟁의 비극을 뼈아프게 되새긴 작품이 〈길소뜸〉이다. 그리고 88올림픽을 앞두고 사회가 불안정하고 정돈이 안 된 상황을 반영한 작품이 〈티켓〉이다."

그녀는 영화에 대한 애정을 강렬하게 표현했으나 한국에 돌아오고 싶은 생각은 없는 듯했다. "앞으로도 계속 LA에 살 것이다. 형제가 거기에 넷이 있고, 딸 둘(홍경임, 최영숙), 그리고 손자가 여섯 명이다. 거기서 가족들과 함께 외부 신경 쓰지 않고 조용하게 사니까 참 좋다."

평생 세간의 갈채를 받고 살았던 그가 세인의 이목을 피하고 싶다는 소망을 절실히 드러내는 것은 아이러니했다. 하지만 네 명의 남자와 살다가 헤어지면서 무수히 구설에 오르내렸던 여성으로서는 당연한 일인지도 모르겠다는 생각을 했다.

그녀는 18세 때 12세 연상의 홍성기 감독과 결혼, 영화 출연료를 남편의 제작비로 대주며 헌신했으나 4년 만에 헤어졌다. 1963년 기혼인 최무룡과 결합했을 때 비난 여론이 거셌으나 최무룡의 전처에게 위자료를 직접 챙겨 주고 사랑을 얻은 그녀를 지지하는 사람들도 많았다고 한다. 그러나 1969년 '사랑하기 때문에 헤어진다'는 최무룡의 유명한 말을 남기고 두 사람은 결별했다. 김지미는 1976년 당시 최고 인기 가수였던 7세 연하의 나훈아와 열애 사실을 발표하며 세상을 깜짝 놀라게 했으나, 두 사람이 함께 산 기간은 7년을 넘기지 못했다. 그가 1991년 심장 전문의인 이종구 박사와 네 번째 결혼을 했을 때, 많은 사람들은 '영구 정착'이라고 생각했으나 예상은 또 빗나갔다.

김지미는 '남자는 항상 부족하고 불안한 존재'라고 말한 적이 있다. 내가 그 의미에 대해 물어보자, 이렇게 답했다.

"모성애에서 나온 표현이다. 한국의 여자들에게 남편에 대해서 만족하느냐고 물으면 늘 부족하다고 할 것이다. 100% 만족할 사람이 있겠느냐. 여성들은 모성 본능이란 게 있어서 부족한 남자들을 감싸 주고 싶어 한다. 여자는 그런 존재인데…"

신발을 정리하는 손

― 배우 최불암 1

늙으면 막혀서 잘 나오지 않는다더니
그가 한 번 중간에 일어났다.
팔부 소맥을 일곱 잔쯤 먹었을 때였을 것이다.
허물없는 술자리라고 해도 어른은 어른인지라
그 틈에 니도 니가 콧구멍에 바람을 넣고 왔는데
화장실서 돌아오던 그가
방문 앞에 몸을 구부리고 있는 게 보였다.
댓돌 위에 어지럽게 놓인 수많은 신발들을
짝이 맞게 정리하고 있었다.
알싸한 취기를 숨기지 못한 얼굴이었으나
평생 그 일만 해온 사람처럼
익숙한 손길이었다.

삼십대 초반에 수사반장을 하느라
몸짓이 일찍 늙은 그가,
사십대에 양촌리 회장을 지내느라
노틀로 앉아 있는 시간이 많았던 그가,
실제 노년에 들어서는

54

한국인의 밥상을 찾느라
젊은 걸음인양 고샅고샅 누벼 온 그가,
평생 해온 일의 모든 공력을
신발을 가지런히 정리하는 일에
쓰고 있었다.

어머니와 시

누구는 그에게서 한국인의 아버지를 보고
누구는 그에게서 타고난 광대를 만났으나
나는 그에게서 언제나 시인을 읽었다.

피가 뜨거웠던 시절
명동 은성의 술집에서 만났던
박인환과 오상순, 변영로, 이봉구, 그리고 아, 천상병.
남루를 입고도 멋졌던 이들에게 술을 내준
어머니는 늘 젊고 아름다웠다.

촬영을 쉬는 날 그가 때로 시집을 읽은 것은,
유목에의 열망을 잠재우려는 몸짓이었으나
실은
은성의 사람들과 어머니를
그리워하는 시간의 달콤함 때문이었다.

그렇게 시를 만나고 또 만나서
스스로 시인이 된 그는

56

칠십대의 나이에도 이런 문자를
손으로 찍어서 보내며
메마른 휴대전화기에
따순 숨결을 불어넣는다.

'세월은 그리움을 만들긴 하지만
만남을 허락하지 않는군요.'

2차를 안 가는 선생님 전상서

― 배우 최불암 3

선생님을 아무도 몰라보는
그런 곳이 있을까요.
거기서 하룻밤만
함께 지내고 싶어요.
눈매 고운 처자가 하는 술집이
하나 있어야 하겠지요.

예쁜 걸 예쁘다고 할까 봐,
휘청거리고 싶을 때 휘청거릴까 봐
여기선
알싸하게 술에 취해도
스스로 2차를 금하셨지요.

거기선 잊으셔요.
어린 아이들의 불우를 돌보느라
소년원 공연을 꾸미는 걱정,
한국인의 밥상 스케줄을 대느라
건강을 다지는 절제,

그런 것을 다 던져 버리셔요.

술 좀 덜 자시라는
아내의 애정 어린 참견도,
옆방 어머니 외로워하시지 않게
부부의 웃음소리 감추었던 인내도
여기 던져 두시면

아무도 선생님을 몰라보는 곳에서
딱 하룻밤만
딱 하룻밤만.

최불암(崔佛岩, 1940~)

"이름이 너무 커서 어머니도 한번 불러보지 못한 채/내가 광대의 길을 들어서서 염치없이 사용한/죄스러움의 세월, 영욕의 세월/그 웅장함과 은둔을 감히 모른 채/그 그늘에 몸을 붙여 살아왔습니다.//수천만대를 거쳐 노원을 안고 지켜온/큰 웅지의 품을 넘보아 가며/터무니없이 불암산을 빌려 살았습니다./용서하십시오."

최불암이 불암산에게 바친 시詩 「불암산이여」의 전문이다. 이 시를 새긴 시비가 산의 둘레길과 정상에 있다고 한다. 그의 이름 불암佛岩과 불암산佛岩山의 한자가 같은 것이 계기가 돼 서울 노원구청이 2009년 그를 불암산 명예 산주山主로 위촉했다.

그의 본명은 영한英漢. 사업가인 최철崔鐵과 대한제국 때 궁내 악사를 지낸 집안 딸인 이명숙李明淑 부부의 외아들로 태어났다. 인천에서 영화사와 신문사를 꾸렸던 그의 아버지는 30대 중반에 갑자기 세상을 떠났다. 그가 6세 때였다.

동생의 요절을 슬피 여긴 그의 큰아버지는 조카가 오래 살았으면 하는 뜻에서 '불암' 이라는 이름을 따로 지어 줬다. 그는 연극 무대에 데뷔한 후 이 이름을 예명으로 썼다. 부처님 바위라는 뜻의 예명 덕분일까, 그는 배우로서 누구보다도 긴 호흡을 자랑하고 있다.

서울 중앙고를 나와 서라벌예대와 한양대에서 연극영화의 이론과 실기를 공부했다. 그는 드라마를 통해 대중에게 큰 사랑을 받았으나, 자신의 연기 고향인 무대를 늘 그리워했다. 1959년 국립극장에서 연극 〈햄릿〉으로 데뷔했고, 1965년 국립극단 단원으로 입단하여 연극계에서 활약하였다.

1966년 MBC 라디오 드라마에 첫 출연했다. 이듬해 그는 서울중앙방송(지금의 KBS 한국방송공사)으로 적을 옮겼다. 자신이 이상적 배우자감으로 꼽은 탤런트 김민자가 KBS 소속이었기 때문이다. KBS 기수로 그보다 3년 정도 앞섰던 김민자는 단아한 외모와 함께 지적인 캐릭터로 당시 큰 인기를 누리고 있었다. 그는 드라마 〈수양대군〉으로 텔레비전 드라마에 데뷔했으나 아직 이름이 덜 알려진 상황이었다. 그는 그녀와 가까워지기 위해 PD에게 간청해서 드라마 〈흙〉에서 상대역으로 출연했다. 그 드라마를 계기로 연애를 시작한 두 사람은 우여곡절 끝에 1970년 결혼했다.

최불암은 그 전 해인 1969년 MBC 개국과 함께 자리를 옮겨 이후로는 주로 MBC에서 활동했다. 1971년부터 1989년까지 MBC에서 방영했던 〈수사반장〉에서 주인공 박 반장 역으로 활약했다. 이른바 국민 드라마였던 이 작품으로 그는 큰 명성을 얻었다. 경찰의 이미지를 높여준 공로로 그는 명예 경정이 됐고, 나중에 명예 총경에까지 오르기도 했다.

1980년부터 2002년까지 같은 방송국에서 방영된 〈전원일기〉에서 양촌리 김 회장 역을 맡았다. 그는 이 드라마로 '국민 아버지'가 된다. 이때 부부로 함께 출연했던 배우 김혜자도 큰 인기를 얻었다. 최불암—김혜자를 부부로 여기는 이들도 있었다. 드라마와 현실을 착각해 벌어진 일이지만, 그만큼 그들의 부부 연기가 자연스러웠다는 방증이다.

나는 그가 〈수사반장〉과 〈전원일기〉를 통해 얻은 것도 많지만, 잃은 것도 적지 않다고 생각한다. 30대 때부터 노역을 함으로써 노인 이미지가 굳어졌다는 게 가장 큰 손실이다. 그 이전에는 반항적 캐릭터를 연기한 적도 있으나 이후로는 점잖은 역할을 주로 해야 했다. 모든 언행을 국민 아버지 이미지에 맞게 조심해야 하는 것도 힘든 일이다. 다행인 것은, 그가 그것을 대중의 사랑을 받는 배우로서의 숙명이라고 받아들이고 있다는 것이다.

최불암은 1980년대 이후로 다양한 장르에서 활동한다. 1981년엔 소녀 가수 정여진과 함께 음반 《아빠의 말씀》을 내기도 했다. '아빠 언제 어른이 되나요~' 로 시작하는 표제곡은 큰 사랑을 받았다.

그는 KBS 공익 프로그램 〈좋은나라 운동본부〉에 출연하기도 했고, 각종 다큐멘터리 프로그램의 내레이터로도 활동했다.

이처럼 다양하게 활동했으나 어디까지나 스스로 언급한 '광대'의 영역에 속해 있었다. 그런 그가 잠시 정치 쪽으로 발을 들여 외도를 한 적이 있다. 〈전원일기〉 애청자였던 고 정주영 현대 창업자의 권유를 받아들여 1992년 통일국민당 비례대표 의원이 된 것. 이후 본업인 배우의 길로 돌아왔으나, 정 회장에 대한 애정은 도타웁게 간직하고 있다고 했다. "정 회장께서 (대선에 실패한 후) 속초에 칩거하고 계시다기에 거기로 혼자 찾아뵈었다. 담담한 얼굴로 '여기까지 왔으니 도루묵찌개나 먹고 가라' 고 하시더라. 그래서 둘이 가서 도루묵을 참 맛있게 먹었다. 지금도 가끔 그 생각이 난다."

그는 2004년 방영된 드라마 〈영웅시대〉에선 정 회장 역(천태산)을 맡기도 했다. 극중 그의 말투나 행동이 생전의 정 회장과 너무 비슷해서 화제가 되기도 했다.

정치 쪽에서 두각을 나타내지 못했으나, 그는 드라마에서 단연 국민 배우로서의 공력을 과시했다. MBC 〈제1공화국〉(1981~1982), 〈제2공화국〉(1989~1990)에서 이승만 역을 했던 그는 〈제3공화국〉(1993)에선 유진산 역으로 변신했다.

1997년작 주말 드라마 〈그대 그리고 나〉에서는 박 선장 역을 맡아 터프한 매력을 과시하기도 했다. 국민 아버지 이미지에 갇혀 있던 그 스스로도 숨통을 좀 틔우지 않았을까 싶다. 그 여세로 이듬해에는 〈청춘 시트콤 점프〉에 출연, 젊은이들과 호흡을 함께 하는 대학 교수 역할을 하기도 했다.

2000년 이후에도 〈식객〉(SBS, 2008), 〈그대 웃어요〉(SBS, 2009~2010), 〈천상의 화원 곰배령〉(채널A, 2011~2012), 〈해피엔딩〉(JTBC, 2012), 〈기분 좋은 날〉(SBS, 2014) 등 다양한 작품에 출연했다.

2011년부터 KBS TV 다큐멘터리 〈한국인의 밥상〉을 진행하고 있다. 국내외 곳곳을 직접 찾아다니며 한국인의 숨결이 스민 음식을 매주 한 번씩 소개하고 있다. 노년에 이른 그로서는 소명감이 없으면 해 내기 힘든 일이다. 그 덕분에 이 프로그램은 다큐로서는 이례적으로 높은 시청률을 기록하고 있다. 그는 이 프로그램을 하느라 노년의 배우들이 해외 여행하는 경험을 다룬 예능 프로그램 〈꽃보다 할배〉(tvN) 섭외를 사양했다. 아쉬운 일이었으나, 어머니의 손맛이 사라지는 시대에 한국인의 밥상을 지키는 일은 매우 가치 있는 작업임에 틀림없다.

그가 노년에도 활력을 유지하고 있는 것은, 걷기에 힘쓰는 것과 담배를 끊었기 때문일 것이다. 한때 골초였던 그는 〈좋은나라 운동본부〉에 출연하면서 금연을 했다. 그는 프로그램에서 금연을 선언해 놓고 어느 자리에선가 담배를 피다가 지나가던 시민에게 호된 지적을 당했다. 이 때 스스로 담배를 부러트린 후 절대 입에 대지 않았다고 한다.

그는 술을 끊지는 않았다. 젊은 시절처럼 폭주를 하지는 않지만, 노년에도 마음에 맞는 이들과 술을 나누는 것을 즐긴다. 아내가 건강을 걱정할 정도로 술자리가 잦은 편이다. 하지만 취기로 몸가짐을 흐트러뜨리진 않는다.

그와 술자리에서 이야기를 나눠 보면, 그의 말이 운문처럼 리드미컬하다는 것을 알 수 있다. 70대의 나이에도 그는 직접 휴대전화 문자 메시지로 지인들과 교우하는데, 그 메시지는 시詩의 한 구절처럼 압축적 여운을 주곤 한다.

그는 한국 현대문학사를 장식한 시인들과 친분이 있다. 어머니 이명숙(1986년 타계) 여사가 서울 명동에서 운영한 주점 '은성'이 당대 문학인들의 사랑방 역할을 했던 덕분이다. 청소년기에 어머니를 찾아 '은성'을 드나들며 자신도 모르게 문학인들의 영향을 받은 것이다.

최불암 시리즈에서 알 수 있듯, 그는 전 세대에 걸쳐 사랑을 받는 드문 연예인이다. 그는 이런 인기에 보답하기 위해 아내와 함께 사회봉사 활동에 힘써 왔다. 오랫동안 어린이재단 홍보대사 역할을 한 것도 그 일환이다.

2013년 비영리 사단법인 '제로 캠프'를 만들어 재소자 청소년들을 문화로 교화하는 활동을 펼치고 있다. 공동체를 좋은 쪽으로 바꾸는 데 자신의 재능을 쓰고 싶다는 것, 이것이 그가 노년에 이루고 싶은 꿈이다.

쌩큐 아저씨

- 가수 겸 방송 진행자 박상규

조용필 아우가 술에 취하면
이렇게 불렀다죠
쌩큐형 쌩큐형

오늘 저는 취하지 않았지만
불러보고 싶네요
쌩큐 아저씨

하늘로 돌아가시기 전에
빙그레 웃는 모습을 보여 주셨지요
그것만으로 고맙습니다

병에 눌려 어눌했던 말년
그때도 당신은 노래했습니다
'비바람에 시달려도
둥글게 살아가리'

박상규(朴相圭, 1942~2013)

〈조약돌〉의 가수 박상규. 그는 타고난 입담으로 객석을 들었다 놨다 하는 스탠딩 개그의 원조이기도 했다. 텔레비전 오락 프로그램의 명사회자로 이름을 드날리기도 했다.

그는 타고난 예능인이지만, 어렸을 때 꿈은 국어교사였다. 인천고를 졸업한 후 연세대 국문과에 진학했던 그는 영문과 동기생 오혜령, 후배 최인호 씨 등과 친하게 지냈다. 그가 교사의 꿈을 접고 연예계로 진로를 튼 것은 교내 축제에서 노래도 하고 연극 활동을 하면서 스스로의 재능을 발견했기 때문이다.

고교 때까지 공부만 한 샌님이었던 그가 연예계로 진출하겠다니 부모는 당연히 반대를 했다. 그는 인천의 집에서 뛰쳐나와 하숙을 하며 노래 공부를 했다.

1963년 KBS 전속 가수로 데뷔했고, 1966년 김상국, 장우와 함께 트리오 '송아지 코멧쓰'로 활동했다. 영어 'comets'의 우리말 뜻이 '혜성들'이니, 혜성같이 나타난 송아지들 쯤으로 해석될 수 있는 이름이다. 영어에 우리말을 코믹하게 섞어 놓은 것을 보면 당시의 대중문화 풍경을 짐작할 수 있다. 이후 김상국이 솔로로 독립한 뒤 그는 장우와 함께 한국 최초의 남성 듀엣으로 불리는 '코코브라더스' 활동을 시작했다. 1969년 그룹 '다이나믹스'를 결성해 장우, 차도균, 김준과 함께 노래를 불렀다.

미 8군 등에서 갈고닦은 노래 솜씨는 곧바로 동료 선후배들의 인정을 받았다. 그러나 대중적으론 인기를 얻지 못해 10여 년간 무명의 설움을 겪어야 했다.

그를 일약 스타덤에 올린 것이 저 유명한 노래 〈조약돌〉이다. 1974

년에 나온 이 노래는 서정적인 선율과 희망적인 가사로 힘든 시절을 살아가던 이들의 마음을 어루만져 줬다. 당시 앨범만 100만 여장이 넘게 팔렸다. 그는 이듬해 6세 연하의 한영애 씨와 결혼을 해 가정을 꾸렸다.

그는 이후 〈친구야 친구〉, 〈둘이서〉, 〈역마〉 등의 노래를 잇달아 히트시켰고, 1980년대 이후엔 텔레비전과 라디오 프로그램의 단골 사회자로 활약했다. 게스트들을 편안하게 해주면서도 재치와 유머로 웃음을 자아내는 그의 진행 솜씨는 가위 발군이어서 그를 영입하려는 방송사들의 경쟁이 치열했다. 아내 한 씨에 따르면, 이 시기의 그는 밥도 제대로 못 먹을 정도로 바빴다고 한다.

"제가 김밥을 싸 갖고 가서 드리면, MBC에서 KBS로 가는 길에 점심을 잡수시고, 또 TBC에 가는 길에 저녁을 드시는 형편이었어요."

그는 자신이 진행했던 프로그램 중 가장 기억에 남는 것으로 〈일요큰잔치〉를 꼽았다. MBC가 가족 시청자를 겨냥해 일요일 낮에 방영했던 오락 게임 프로그램 〈일요큰잔치〉는 그와 떼려야 뗄 수 없는 관계다. 그는 이 프로그램이 만들어진 1987년부터 10여 년간 혼자서 진행했다. 당시만 해도 한 사람이 방송 프로그램을 그렇게 오랫동안 진행하는 것은 경이적인 일이었다.

외환 위기가 닥쳤던 1997년에 그는 〈일요큰잔치〉의 진행에서 물러났고, 이후엔 교통방송 개국 프로그램 등을 진행했다. 자신의 인기가 전과 같지 않다는 것을 실감하면서도 라디오 방송 진행과 해외 교포 위문 공연 등에 최선을 다했다.

다방면에서 최고 스타로 활약했던 그는 친화력이 대단해서 연예계의 마당발로 불렸다. 선배 가수인 최희준과는 집안의 대소사를 서로 챙겨 줄 정도로 친하게 지냈다. 음악다방 '쎄시봉'에서 만난 후배 가수들인

조영남, 송창식, 윤형주, 이장희 등과도 막역한 사이였다. 나훈아, 남진과도 친해서 함께 무대에 오르기도 했다. 송대관, 최백호 등과도 가까웠고, 해외 교포 위문 공연을 함께 다닌 최은희 등 배우들과도 교분이 두터웠다.

특히 후배 가수 조용필과는 술친구로 자주 어울렸다. 두 사람이 술을 마시며 정담을 나누는 것을 보면 마치 친형제와 같았다는 게 주변 사람들의 전언이다.

그는 2000년에 예기치 않게 고혈압으로 쓰러져 언어 장애를 겪었다. 병과 싸우면서도 무대에 대한 열정을 놓지 않았다. 2006년에 호주 시드니에서 교포 위문 공연을 한 것은 불굴의 의지가 낳은 결과다.

2008년도에 또 쓰러진 후에도 노래에 대한 열정을 놓지 않고 '다이나믹스'와 정기적으로 만나 연습을 하곤 했다. 지난 2010년, 내가 그를 만나 인터뷰를 할 때도 장우, 차도균, 김준이 자리를 함께 했다. 장우는 이렇게 말했다.

"목소리는 예전같지 않을지 몰라도 하모니는 40여 년을 함께해 왔으니까 어렵지 않아요. 마음에서 우러나오는 우정의 하모니라고나 할까."

다이나믹스 멤버들은 그의 가족이 운영하는 음식점에 자주 들른다고 했다. 그는 투병을 하면서도 음식점에서 서빙을 하며 열심히 사는 생활인의 모습을 보여 줬다.

내가 인터뷰를 마치고 헤어지려 할 때 그는 불편한 몸을 이끌고 밖에까지 나와 배웅을 했다. "잘 가라."며 손을 잡아 주는 그에게 꾸벅 고개를 숙여 인사를 하며 "계속 노래를 불러 주세요. 공연을 하신다면 꼭 찾아갈게요."라고 했다. 그는 빙그레 웃었다. 그게 마지막이었다.

마음대로 하였으나

― 화수畫手 조영남 1

마음대로 하고 싶어
마음대로 하였으나
마음대론 못 산다는 걸
세상 천지에 알린 남자.

재미주의자

- 화수畵手 조영남 2

노래를 하고
그림도 그리고
글도 쓰고
방송 토크도 했으나

한 군데 몸 붙이지 않고
딴짓을 기웃대며
사람들과 따로 또 같이
재미주의자로 떠돌아 온 남자

잘 나가다가 한 번씩
가짜라는 욕을 먹을 때마다
겉으로 태연했으나
속으로는 쪽팔렸다는 남자

낳은 아들 이야기는 낮게
기른 딸 이야기는 크게 하며
눈시울을 붉혔다가도

곧 너스레 웃음을 되찾는 남자

누가 뭐래도
경상도와 전라도를 아우르는
화개장터를
평생 노래해 온 남자

자유로운 영혼을 꿈꾼
그 덕분에
세상이 좀 더 재미났던 것은
사실 아닌가요.

조영남(趙英男, 1945~)

내가 조영남이란 이름을 처음 알게 된 것은 초등학교 때였다. 1970년대 새마을운동이 한창 진행 중이던 시절, 시골 어른들은 여름이면 동네 모정에서 이런저런 한담을 나눴다. 아이들은 그 근처를 얼쩡거리며 놀다가 어른들의 이야기를 귀동냥했다. 그 중에 이런 이야기가 있었다. "조영남이 생긴 거는 거시기 해도 무척 똑똑하다고 하더구만. 미국서 무슨 신학대학을 다녔대. 노래도 그만하면 잘하는 편이지. 근데 미국서 돈 떨어지면 한국 와서 노래 불러서 돈을 쓸어간다고 하더구만."

어른들의 이야기가 당시 라디오 방송 앵커로 유명했던 봉두완의 발언에 근거한다는 것은 나중에 알게 됐다. 봉두완은 "한국에 와서 돈벌어 미국에서 쓰는 연예인이 있다."고 했고, 이를 계기로 조영남의 인기가 추락했다.

내가 2010년 조영남을 만나 인터뷰할 때 이에 대해 물은 적이 있다. 그는 봉두완에게 오히려 감사하게 여겼다고 했다.

"미국 생활을 빨리 청산하게 한 동기가 됐으니까. 저는 적응력이 빨라요. 잽싸게 영주권 포기했지요. 그때는 영주권 따기가 정말 어려웠던 시절이었는데…"

조영남은 황해도에서 9남매 중 일곱째로 태어났다. 그는 자신이 태어난 해의 정확한 연도를 모른다며 1944년과 45년 사이일 것이라고 눙친다. 1951년 1·4 후퇴 때 온 가족이 미국 군함에 몸을 실어 충남 예산군 삽교면으로 피란했다. 그곳에서 어린 시절을 보낸 후 서울로 올라와 강문고를 졸업했다.

어릴 적부터 음악 재능이 뛰어났던 그는 한양대에 들어갔으나 자퇴

하고 1966년 서울대 음대에 입학했다. 대학 등록금을 벌기 위해 미 8군 쇼단에서 노래를 부르다가 1969년에 영국 가수 톰 존스의 노래 〈딜라일라Delilah〉를 번안해 가요계에 데뷔했다. 서울대를 자퇴한 후 음악 다방 '세시봉'에서 윤형주, 이장희, 송창식, 김세환, 김민기 등과 함께 활동했다.

세시봉 활동 때 김시스터즈 내한 공연에 초청되어 노래를 불렀는데, 〈신고산 타령〉을 '와우 아파트 무너지는 소리에'로 개사하여 불렀다가 정권의 미움을 사서 군대에 입대했다. 제대 후 1974년 한국에 온 빌리 그레이엄 목사의 집회 때 성가를 부른 것을 계기로 미국에 유학했고, 1979년 미국 플로리다 트리니티신학교에서 신학 학사를 취득했다.

1982년에 귀국한 후 가수 김도향과 함께 음악 작업을 하며 음반을 발매했다. 나중에 정치인이 된 소설가 김한길이 가사를 쓴 〈화개장터〉, 〈사랑 없인 난 못 살아요〉가 크게 히트를 하면서 톱 가수 반열에 올랐다.

1989년에 자니윤이 진행하는 KBS2 〈자니윤 쇼〉에 보조 진행자로 활동한 후 1990년대에 들어서면서 가수로서보다는 방송인으로서 대중에게 더 관심을 받았다. 1993년에 이경실과 함께 1대 진행자를 맡은 KBS2 〈체험 삶의 현장〉이 대표적 프로그램이다. 2006년부터 10년간 최유라와 함께 진행한 라디오 프로그램 〈지금은 라디오 시대〉도 큰 인기를 끌었다.

조영남은 방송 활동 이외에도 다방면에서 활약했다. 그는 2010년에 펴낸 책 『이상은 이상 이상이었다』의 날개에 이렇게 썼다.

'말이 되는 소린지 몰라도 나는 딴짓 애호가다. 세상이 알다시피 나는 일찍이 노래를 불러 먹고사는 가수로 쭉 살아왔다. 남는 시간에 새 노래를 작곡하고 목청을 연마해야 했다. 그러나 그런 일에 큰 신경을 쓰지 않았다. 그저 있는 노래 부르고 남의 노래 슬쩍해서 불러도 가수 직은 웬만큼 유지되었기 때문이었다. 그게 화근이었다.'

그는 자타칭 '화수(畵手·화가 겸 가수)'로 살아왔다. 1973년 서울에서 첫 미술 전시회를 연 이후 서울·부산·뉴욕·로스앤젤레스·베이징 등에서 화가로서 작품 활동을 했다.

그의 그림 소재는 주로 화투였다. 왜 화투를 그리느냐는 질문에 그는 이렇게 답했다. "그렇게 질문을 해주니까요. 흔한 풍경을 그린다면, 사람들이 의문을 품겠어요?"

이 화투 그림 때문에 그는 희대의 대작代作 사건 장본인으로 수사를 받았다. 다른 화가에게 그림을 그리게 하고 그걸 비싼 값에 팔았다는 혐의다. 그는 일부 화가들이 그러는 것처럼 조수를 쓴 것이라고 주장했다. 재판이 벌어진 법정에서도 그는 같은 주장을 했다. 미학자인 진중권 동양대 교수는 증인으로 출정해서 조영남의 조수론을 옹호해 눈길을 끌었다.

조영남의 딴짓은 전문 문사文士 수준의 저술 작업에도 뻗어 있다. 그가 펴낸 책들은 연애담뿐만 아니라 신학, 미술, 한·일 관계 등 다양한 영역으로 퍼져 있다. 2005년에 쓴 『맞아 죽을 각오로 쓴 친일 선언』은 거센 친일 논란을 일으키기도 했다. 그는 나에게 이렇게 설명했다.

"내 본뜻은 친일이 매국은 아니니 이제 제자리로 돌려놓자는 것이었어요. 화투 그림과 같은 맥락이에요. 화투를 좋아하면서도 일본 거라서 푸대접했잖아요. 그래선 안 된다고 생각했고, 그것을 양성화하는 그림을 그려서 성공했어요. 그 때문에 우쭐대고 발언한 게 파장을 낳았어요. 그때 모든 게 제 뜻대로 되는 게 아니로구나 하는 것을 몸소 배웠지요. 처음으로 자살을 해야 되지 않느냐는 생각을 했어요. 당시 사회 지도층들이 잇달아 자살을 했는데, 그런 분위기에서 나도 죽어야 되는구나 했는데…, 저를 이해해 주는 친구들이 있어서 잘 견딜 수 있었어요."

그는 '여친'이 많기로 유명하다. 기자들을 만날 때도 남성보다는 여성들을 선호한다고 소문이 나 있다. 이름에 사내 남男 자가 있어서인지도 모르겠다는 생각을 하며 나 혼자 웃은 적이 있다.

잘 알려져 있다시피, 그는 배우 윤여정과 결혼해 2남을 뒀으나 이혼했다. 재혼한 여성과도 헤어진 후 입양한 딸과 함께 살아왔다. 두 아들은 윤여정이 키웠다.

그를 인터뷰했을 때 윤여정과 두 아들을 만난 적이 있냐고 물었다. 그는 대답을 회피하지 않았으나 목소리는 그답지 않게 낮았다.

"우연히 스쳐지나간 적은 있지만, 만난 적이 없다고 보면 됩니다. 아들들하고 연락 끊어진 지도 오래됐어요. 그 애들도 대학 졸업하고 나서는 자기들 갈 길을 가더라고요."

나는 그의 말 속에서 그 나름대로 상처를 견뎌 왔다는 것을 짐작할 수 있었다.

얼핏 보기에 그는 마음대로 살아온 남자의 전형이다. 그것을 부러워하는 이도 있고, 비아냥거리는 이도 있다. 그런 타인의 시선이 어떻든 간에 그는 자신의 삶을 살기 위해 최선을 다해 왔다. 대중과 끊임없이 소통해야 하는 직업을 갖고 있으면서도 어떤 틀에 얽매어 있지 않은 모습을 보여 온 르네상스 형 인간. 우리 사회에 그와 같은 사람이 하나쯤 있다는 게 괜찮을 일이 아닐까 싶다.

내가 만든 영화는 없다

— 감독 이장호

김승옥 형이 내게 전도할 때
이 형 버렸구나, 했는데
내가 그 분의 길을 가고 있어

샌들을 신고 다니는 70대 청년이
이렇게 말할 때
술자리는 마구 달려갔다

그가 20대에 만든 영화가
극장에서 저 혼자 달려가면서
그를 외롭게 했듯이

바람 불어 좋은 날에
가난한 사람들 곁으로 갔다가
폭풍의 질주에 다쳤듯

극중 감독을 자살시켜서
극적으로 되살아난 후에

돈의 독에 어지러웠듯

길에서 쉬지 않는 나그네처럼
그 분의 뜻에 따라
실을 풀어 온 그가 말했다

내가 만든 영화는 없어
재능보다는 사람을 원하는
그 분의 길에서 걸어왔을 뿐.

이장호(李長鎬, 1945~)

Profile essay

한국 영화사를 빛나게 한 천재 감독. 그는 원래 배우가 꿈이었다. 신상옥 감독을 만나 주눅 들어 '연출'이라고 말하는 바람에 영화감독의 길을 걷게 되었다고 한다. 작가출판사가 펴낸 책 『이장호 감독의 마스터 클래스』에 나오는 이야기다.

서울에서 출생한 그는 홍익대 건축미술학과를 수료한 후 신상옥 감독 밑에서 〈무숙자〉와 〈내시〉의 조감독 생활을 했다. 신 감독의 연출부엔 선배들이 많았기 때문에 그로서는 언제 감독으로 데뷔할지 모르는 상황이었다.

그가 일단 일을 저지르고 보자는 심정으로 만든 작품이 〈별들의 고향〉. 1974년 그가 데뷔작으로 들고 나온 이 작품은 당시 서울 관객 46만 명을 넘기며 한국 영화 흥행 신기록을 세웠다. 〈별들의 고향〉은 소설가 최인호가 신문에 연재했던 소설을 원작으로 하고 있다. 최인호와 고교 동창이었던 덕분에 영화 판권을 쉽게 얻을 수 있었다는 것이 이장호의 회고다.

첫 작품으로 대종상 신인감독상을 수상한 그가 두 번째로 만든 작품이 〈어제 내린 비〉. 서울 관객 16만 명을 넘기며 역시 흥행에 성공했다. 호사다마라고 할까, 그는 대마초 연예인으로 몰려 활동 정지 처분을 받는다. 당시 정권은 대마관리법을 내세워 저항적인 대중문화 예술인들의 기를 꺾어 놓고 싶어 했고, 그는 그 올가미에 걸렸다. 수사관 앞에서 "오래전에 호기심으로 한 번 피워 보았다."고 말한 것이 빌미가 됐다.

이장호는 4년간 활동을 하지 못했다. 호구지책으로 서울 충무로에서 작은 술집을 하며 온갖 잡일을 했다. 이 시기의 공백은 그로 하여금 세상을 깊게 살피는 계기가 됐고, 당대의 수작인 〈바람 불어 좋은날〉(1980)을 잉태한 시간이었다. 이후 1980년대 초반에 그가 만든 작품들, 즉 〈어둠의 자식들〉(1981), 〈과부춤〉(1983), 〈바보 선언〉(1983) 등은 한국 리얼리즘 영화를 대표하는 작품들이다.

이 중 〈바보 선언〉은 의도치 않은 걸작이었다. 그가 문화일보를 통해 회고한 바에 따르면, 〈어둠의 자식들 2〉를 만들고 싶었는데 당시 정부의 사전 검열을 통과하지 못해 허송세월을 하며 제작 시기를 좀먹고 있었다.

"부처님이라도 욕을 입에 달고 살 수밖에 없는 그런 형편이었다. 나는 마침내 영화 만드는 것에 염증을 느꼈고, 다 때려치우겠다는 자포자기 심정으로 절망 상태에 빠졌다. 돌파구는 오직 하나, 영화판을 떠나는 길뿐이었다. 그래서 자살하는 심정으로 유서 같은 영화를 만들어야겠다는 생각을 하게 됐다. 영화를 엉터리로 만들면 누가 내게 다시 연출을 맡길 리도 없고, 저절로 도태돼 자연스럽게 영화판을 떠날 수 있다고 생각했다. 영화를 잘 만드는 것이 아니라 망치기 위해 영화를 만들기로 했다."

그는 모든 영화적 관습과 반대로 작품을 만들었다. 촬영에서 가장 중요한 장소 사전 '헌팅'부터 무시했다.

"아무 장소라도 상관없었다. 무얼 찍을지 나도 모르는데 무슨 장소를 고른단 말인가. 무식한 게 원칙이고 중요 포인트였다. 크랭크인을 앞두고 제작부가 하도 졸라대서 나는 첫 번째 촬영 장소로 내 무의식 속의 이화여대 앞을 떠올렸고, 거리에서 해프닝을 벌여 보자고 결정했다. 바로 1초에 24프레임을 눈 깜짝할 사이에 소모하는 정상 속도의 촬영방법을 버리고 특별하게 필름 1프레임씩 찍는 데 적어도 1분씩 기다려야 하는 극단적 저속 촬영 기법인 콤마 촬영을 사용해 이화여대 앞의 엑스트라 장면을 찍기로 한 것이다."

그런데 이렇게 찍은 영화가 오히려 새롭고 독특한 작품으로 탄생하고 있었다. 그는 직접 영화에 출연해, '투신 자살하는 영화감독' 장면을 집어넣었다. 감독이 자살하는 심정으로 만든 영화라는 메시지를 넣기 위해서였다.

그렇게 만들어진 〈바보 선언〉은 당시 젊은이들에게 폭발적 인기를 끌었다. 그러나 제작사들은 정권과 불화하는 그에게 연출을 맡기고 싶어 하지 않았다.

그는 일종의 타협으로 상업 영화 〈무릎과 무릎 사이〉(1984) 〈어우동〉(1985)을 만들었다. 이는 흥행에 크게 성공했고 수많은 아류작을 유행시켰다. 그는 직접 제작사인 '판영화사'를 차려 〈이장호의 외인구단〉(1986)을 만들었고 역시 큰 인기를 끌었다.

그는 나중에 이 시기를 "돈벌이에 미쳐 영화를 만들었다."고 규정했다. 한국을 대표하는 영화인으로서 상업 영화에 빠졌던 시기를 성찰하는 것은 당연하다. 그러나 당시 그의 작품을 다 봤던 관객으로서 나는 그의 결벽이 좀 지나치다고 생각한다. 산업 예술인 영화가 꼭 인간사의 내면 깊숙이만 들여다봐야 하는 것은 아니기 때문이다. 당시 정권의 폭압에 숨 막혀 하던 대중이 그의 영화를 통해 판타지를 맛봤다면 그것도 의미 있는 것이 아닐까.

어쨌든 그는 상업 영화에 대한 반성으로 흥행에 신경 쓰지 않는 모노크롬 톤의 작품 하나를 내놨다. 그것이 바로 〈나그네는 길에서도 쉬지 않는다〉(1988)이다. 이제하의 소설을 바탕으로 한 이 작품은 그만이 펼칠 수 있는 영화적 풍경을 창조했다는 평가를 받았고, 해외 영화제에서도 각광을 받았다.

그러나 〈Y의 체험〉(1987), 〈미스 코뿔소 미스타 코란도〉(1992)가 흥행에 잇달아 실패하면서 그의 영화사는 경영난에 부닥쳤다. 김지미가 제작 겸 주연을 맡고 그가 연출한 〈명자—아끼꼬—쏘냐〉(1992)도 대중과 평단 모두에게서 기대에 못 미친다는 평가를 받았다. 〈바보 선언〉을 추억하는 〈천재 선언〉(1995)을 만들었으나, 역시 그의 천재성을 되살리진 못했다.

그는 이후 오랫동안 연출 휴식기를 가질 수밖에 없었다. 그러나 영화계를 떠난 것은 아니었다. 대학(중부대, 전주대 등)에서 후학들에게 영화를 가르치고, 부산국제판타스틱영화제 집행위원장, 서울영상위원회 위원장 등으로 활동했다.

그는 2014년 영화 〈시선〉을 내놓으며 현역 감독임을 증명했다. 기독교 신앙을 바탕으로 한 이 작품은 그가 1982년에 내놨던 〈낮은 데로 임하소서〉의 연장선에 있는 작품이다.

그가 독실한 크리스천이라는 것은 잘 알려져 있다. 자유로운 영혼의 표상과도 같던 그가 신앙인이 된 것은 천재 소설가이자 시나리오 작가인 김승옥이 크리스천이 된 것과 비견되곤 한다. 그는 선배 김승옥이 뇌졸중으로 오랫동안 고생하고 있는 것에 대해 안타까움을 표하며 이렇게 표현했다. "하나님이 재능을 원하지 않고 사람을 원한 거야. 승옥이 형 한 대 때려서."

2016년에 일군의 영화 연구자들이 모여 '이장호영화연구회'를 만들었다. 그의 작품과 함께 한국 영화를 탐구하자는 취지다. 이 연구회 설립을 주도한 손정순 시인의 주선으로 이 감독과 저녁 술자리를 하며 오랫동안 이야기를 나눈 적이 있다. 그때 그는 후학들의 대화를 흥미로운 표정으로 지켜보며 간간이 한 마디씩 던졌다. 한국 현대예술문화사를 가로지르며 수많은 거장들과 교우한 그만의 독특한 시선에서 나온 말들이었다. 예를 들어, 이어령 선생의 신앙 입문과 김지하 시인의 생명 사상이 화두가 됐을 때 이렇게 툭 던졌다. "나는 궁금해. 이어령이 김지하를, 김지하가 이어령을 어떻게 평하는지 듣고 싶어."

그와 긴 시간 대화를 나눈 후 취기 속에서 헤어질 때, 봉준호 감독이 그에 대해 말했던 것이 절로 떠올랐다. "어린 아이의 눈빛과 야수의 괴력을 동시에 지닌 분이시다."

2부 환한

더불어 걷는 그가
반짝거릴 때
나도 환해졌다

바람의 노래를 멈추지 않는

― 가수 조용필

우리 친구 열 명 중 일곱은
그의 노래를 흥얼거리며
시드러운 길을 걸어왔다
그의 노래 열 중 일곱은
외워 부르며
쓸쓸한 시간들을 견뎌 왔다

그의 노래를 모르는 이는 없지만
그를 아는 사람도 없다
이 나라의 가왕으로 살아온
세월의 뒤편에서 노을을 벗한
적막을 누가 알겠는가

신은 그에게 노래를 주고
사랑하는 이를 뺏어
시련에 들게 했으나
그는 바람의 노래를 멈추지 않고
꽃이 지는 이유를 구하고 또 구했다

40을 맞으면서 무서웠고
50에도, 또 60에도 두려웠으나
언제나 새롭게 살아지더라는
여기 오늘 우리의 신화
아픔 없이 어찌 탄생이 있으련만

70에도 우리 곁에서
신생을 꿈꾸며
노래 부를 것을 믿는다면
그를 모른다고
진짜 모르는 것은 아닐 것이다.

조용필(趙容弼, 1950~)

Profile essay

내가 가수 조용필을 만난 것은 '러브 인 러브(LOVE IN LOVE)' 콘서트 때문이었다. 2010년 봄이었다. 당시 그는 서울 잠실 올림픽 주경기장에서 대규모 콘서트를 열기 위해 준비하고 있었다. 공연의 부제는 '소아암 어린이를 위한 사랑 콘서트'였다.

공연에 앞서 그가 소속사를 통해 기자들을 불렀다. 저녁을 함께 먹자는 제의였다. 서울 예술의전당 인근 식당이었다. 그때 그는 환갑을 맞은 나이였으나 훨씬 젊어 보였다. 소속사 말대로 조촐한 저녁 자리였는데, 기자들은 밥상을 앞에 두고도 연신 질문을 퍼부었다. 물론 그가 준비하고 있는 콘서트에 관한 것이었다.

조용필은 특유의 소박한 말투로 모든 질문에 성실하게 답했다. 어떤 말을 하다가는 민망한 듯, 수줍은 듯 웃음을 터트렸다.

그토록 오랜 세월 스타의 자리를 지켜왔던 사람에게 어찌 저리도 질박한 모습이 남아 있을까. 나는 경이를 느꼈다. 옆자리에 앉은 후배 기자에게 내 느낌을 속삭였더니 그가 고개를 끄덕거리며 "저 선생님의 매력이죠."라고 했다. 평소 누구 앞에서나 까불대기 좋아하는 후배가 연예인에게 선생님이라는 표현을 쓰는 것이 흥미로웠다.

조용필은 기자들과 어느 정도 이야기를 나눈 후 그만 밥을 먹자고 했다. 콘서트의 자세한 내용은 무대에서 보여 주고 싶다고.

한동안 말없이 밥을 먹던 그는 뭔가 마음에 걸렸는지 소속사의 실장을 불러서 상의를 했다. 그런 후에 그 콘서트에서 세계 최초로 시도했던 '무빙 스테이지' 등에 대해 설명했다. 6m 높이까지 공중으로 떠올라 객석 쪽으로 이동하는 무빙 스테이지뿐만 아니라 관객석 전체에 둘러지는 아레나 LED 영상, 360도 서라운드 스피커의 사운드 등. 구체적으로 설명을 듣다 보니 대규모 콘서트의 성패를 가르는 무대와 음향 효과에 대해 그가 얼마나 신경을 쓰는지 알 수 있었다. 자신을 찾아 온 팬들을 위해 최선을 다하겠다는 마음이 절로 느껴졌다.

조용필은 애주가로 유명했으나 이날은 맥주 한 잔만 마셨다. 무대 장치 때문에 해외 전문가들이 와 있어서 회의를 해야 한다며 양해를 구했다.

그는 자신이 30여 년간 골초였으나 노래 부르는 목소리를 지키기 위해 과감히 금연했다고 소개했다. 그런데 술은 못 끊겠다며 살며시 웃음을 지었다.

그때 그에게서 들은 이야기 중에 지금까지도 잊히지 않는 게 있다.

"누구나 그렇듯이 저도 40이 되는 것을 걱정했어요. 과연 내가 노래를 부를 수 있을까. 그런데 40이 돼도 그 이전과 똑같더라고요. 50이 오는 것도 두려웠지만, 막상 돼 보니 역시 이전과 같았어요. 60이 돼도 마찬가지요. 그 나이가 되면 또 새롭게 살아지더라고요."

조용필은 6·25전쟁이 난 1950년 경기 화성에서 태어났다. 중·고교 시절에 기타를 끼고 살았던 그는 1968년 경동고를 졸업한 후 컨트리 웨스턴 그룹 '애트킨즈'를 만들어 리더이자 기타리스트로 활동했다.

1969년 미 8군 무대에 데뷔했고, 1971년 최이철, 김대환과 함께 '김트리오'를 결성해 대중들에게 모습을 드러내기 시작했다. 이듬해에는 그룹 활동을 접고 《조용필 스테레오 힛트앨범》을 발표했다. 번안곡 〈님이여〉와 〈돌아와요 부산항에〉 최초 레코딩 버전이 들어있는 데뷔 앨범이다. 책 『대중음악가 열전』에서 조용필을 가장 앞에 올린 바 있는 음악평론가 최성철은 "이 앨범이 가왕 조용필 역사의 첫 바퀴를 굴렸다."고 평했다.

이후 그룹 '25시'에 잠시 몸을 담았다가 8인조 브라스밴드인 '조용필과 그림자'를 만들어 서울고고클럽에서 연주를 했다. 26세가 되던 1975년에 〈돌아와요 부산항에〉가 공전의 히트를 하면서 명성을 얻기 시작했다. 그 시절에 나는 초등학생이었는데, 시골 마을이었던 우리 동네의 아주머니들이 어느 집에 모여 〈돌아와요 부산항에〉를 합창으로 불렀던 모습이 암암하다.

그런데 조용필은 가수로서 인기를 얻자마자 대마초 파동에 휩쓸려 공백기를 갖게 된다. 밴드 시절에 대마초를 피웠던 것이 빌미가 돼 방송 출연 금지를 당했던 것. 그는 대마초 연예인 해금 조치가 있었던 1979년에 지구레코드 전속으로 됐고, 이듬해인 1980년 정규 1집 《창밖의 여자》를 발표했다. 〈단발머리〉, 〈한오백년〉 등이 실린 이 앨범은 당시 150여 만장이 팔리며 그를 슈퍼스타의 반열에 오르게 했다. 이때부터 함께 한 밴드 '조용필과 위대한 탄생'은 지금도 그의 음악을 분신처럼 뒷받침하고 있다.

그는 이후 《촛불》, 《미워 미워 미워》, 《못찾겠다 꾀꼬리》, 《산유》, 《눈물의 파티》, 《눈물로 보이는 그대》, 《허공》 등의 앨범을 잇달아 발표했다. 이 음반들은 크게 히트하며 조용필 오빠 열풍을 이끌었다. 각 앨범의 타이틀곡이 아니라도 숱한 노래들이 전국을 휩쓸었다. 〈사랑은 아직도 끝나지 않았네〉, 〈잊혀진 사랑〉, 〈비련〉, 〈친구여〉, 〈고추잠자리〉, 〈생명〉, 〈킬리만자로의 표범〉, 〈그 겨울의 찻집〉 등.

조용필은 1986년 일본에 진출해 앨범 《추억의 미아 1》을 내놨다. 이 앨범은 현지에서 100만 장 이상 판매됐고, 그해에 골든디스크상을 수상했다.

그는 이듬해 9집 앨범 《사랑과 인생과 나》를 발표했다. 여기서 〈마도요〉, 〈그대 발길 머무는 곳에〉 등이 히트했다.

이렇게 국내외에서 1980년대 최고의 가수로 활동했으나, 그는 1983년 비공개 결혼식을 올린 후 5년 만에 이혼하는 아픔을 겪었다. 이 과정은 여러 가지 구설을 낳았다. 그러나 진중한 성격인 그는 이에 대해 왈가왈부하지 않고 뮤지션의 길에 매진했다.

가정 생활의 불행을 딛고, 그의 음악은 피어났다. 1988년에 나온 10집은 당초 더블 앨범으로 예정된 것이었다. 그러나 조용필의 바쁜 스케줄 탓에 두 장으로 나뉘어 내게 됐고, 먼저 나온 《Part 1》이 10집이라는 이름을 얻게 됐다. 최성철에 의하면, 이 앨범은 88서울올림픽의 화려함 만큼이나 눈부신 사운드와 편곡이 돋보이는 수작이다. 〈서울 서울 서울〉, 〈모나리자〉, 〈목련꽃 사연〉 등은 음악 생활 20년을 맞는 조용필의 프로듀싱 능력이 얼마나 뛰어난지를 보여 주면서 우리 가요의 세계화 가능성을 열었다. 이듬해 발표한 11집 《Part 2》는 실험성과 대중성이 공존하는 앨범이다. 19분 30초에 달하는 〈말하라 그대들이 본 것이 무엇인가〉는 전자를 대표한다면, 타이틀곡 〈Q〉는 후자에 속한다. 〈Q〉는 그가 10년 동안 인연을 맺고 있던 지구레코드사와의 결별을 암시하는 노래라고 한다. '너를 마지막으로 나의 청춘은 끝이 났다／우리의 사랑은 모두 끝났다….'

조용필은 1990년대 들어서도 꾸준히 음반을 펴냈다. 12집 《추억 속의 재회》는 자신의 팝록과 젊은 뮤지션들의 새 스타일을 함께 구현한 것이다. 사운드가 이전보다 강렬하고 무거워졌다는 평을 들었다. 타이틀곡과 함께 〈해바라기〉 등의 노래가 히트했다.

1991년에 발표한 13집 《The Dreams》는 라틴 계열의 리듬을 사용하는 등 새로운 감각을 선보였다. 탁성을 절제하는 보컬의 변화도 한 특징이었다. 〈꿈〉, 〈장미꽃 불을 켜요〉 등이 이때 나온 노래다. 〈슬픈

베아트리체〉를 담고 있는 14집(《Cho Yong Pil 14》)은 1992년에 발표했다.

조용필을 세대를 뛰어넘어 전 연령층의 사랑을 받았다. 이는 그가 록, 발라드, 트로트, 민요 등 전 장르를 아우르며 새 음악을 만들어 냈기 때문이다. 그의 창조성, 융합성은 '가왕歌王'이라는 별칭에 걸맞은 것이었다. 음악 방송 등에서 그는 늘 마지막 무대를 장식했고, "조용필은 맨 끝에 나온다."는 유행어를 탄생시켰다.

그러나 1992년 초 서태지가 등장하면서 세상은 온통 테크노, 하우스, 힙합 등 랩댄스 물결에 휩싸인다. 때마침 40대를 맞은 조용필은 방송활동에서 멀어진다. 대신 그는 관객을 직접 만나는 공연 쪽에서 새 역사를 쓰기 시작했다. 1993년 부산 해운대 콘서트에서 동원한 10만 명의 관객은 한국 가요 사상 최다 관객으로 기록돼 있다.

이듬해인 1994년에 발표한 앨범 《Cho Yong Pil 15》는 대중의 주목을 받지 못했다. 가왕으로서는 이례적 참패였다. 그는 잠시 휴지기를 가질 수밖에 없었으나, 1997년 16집(《Eternally Cho Yong Pil 16》)을 내놓고 건재를 과시했다. 명작 〈바람의 노래〉를 품고 있는 앨범이었다. '살면서 듣게 될까~ 언젠가는 바람의 노래를 세월가면 그때는 알게 될까 ~꽃이 지는 이유를….'

이듬해에 17집 《Ambition》을 내놓고 조용필은 또 5년의 휴지기를 갖는다. 2003년에 나온 18집 《Over The Rainbow》는 모든 곡에 대규모 오케스트라를 동원했다. 이 앨범에서 가장 대중적인 멜로디로 서정을 극대화한 작품이 〈진〉이다. 그가 일찍 세상을 떠난 아내 안진현을 떠올리며 만든 곡이라고 한다. 그는 1993년 재미교포 사업가인 안진현을 만나 이듬해에 결혼했다. 한국과 미국에서 각각 활동했던 두 사람은 두 나라를 오가며 애틋하게 사랑을 쌓았다. 그러나 신이 그들의 사랑을 시기라도 한 것처럼 안진현은 심장병을 얻어 2003년 1월 타계했다.

조용필은 아내를 잃은 아픔을 견디며 이해에 데뷔 35주년 기념 공연을 강행, 사상 최초로 서울 잠실올림픽 주경기장 공연을 전석 매진시킨 주인공이 됐다. 2010년엔 같은 곳에서 이틀간 10만 명의 관객을 동원해 또 한 번 새로운 기록을 세우기도 했다.

조용필은 63세이던 2013년에 19집 앨범 《Hello》를 들고 대중 앞에 섰다. 기존 음악적 틀을 깨고 새로운 시도와 실험으로 가득 찬 앨범이었다. 여기 수록된 10곡은 발라드, 팝에서 프로그레시브, 일렉트로닉에 이르기까지 다양했다. 60대 가왕의 음악적 혁신과 도전에 젊은이들이 열광했다. 수록곡 〈바운스〉 열풍으로 전국이 '바운스' 됐다는 뉴스가 보도되기도 했다. 당시 그는 전국 13개 도시에서 스물두 번의 공연을 펼쳐 전석 매진이라는 기록을 남겼다.

19집 이후 후속 앨범 발표가 늦어지고 있으나, 조용필은 꾸준히 곡을 쓰며 음악 작업을 하고 있다. 2018년에 음악 인생 50주년을 맞는 그는 대규모 전국 투어 공연을 준비하고 있다고 한다.

그의 노래는 지난 반세기 동안 한국인의 각다분한 삶을 쉼 없이 보듬어줬다. 우리는 복고와 첨단을 아우르는 그의 노래를 통해 무섭게 변하는 세상을 견딜 수 있는 힘을 얻었다. 2017년에 1천만 관객을 동원한 영화 〈택시운전사〉에 삽입된 노래 〈단발머리〉가 우리에게 새삼스럽게 그걸 알려 줬다.

그는 명실공히 한국 대중음악계의 신화다. 그 신화가 현재 진행형이라는 점에서 그의 위대함이 있다.

나는 기억한다. 작가 최인호가 1980년대 어느 날 신문에 '20세기가 저물 무렵 조용필도 늙어 있을 것'이라는 내용의 글을 썼던 것을. 그

조용필이 21세기에도 늙지 않고 새로운 음악을 끊임없이 만들어 내며
당대인들과 교감하고 있다.

20주년 콘서트에서

― 가수 최백호 1

도시의 곳곳에 안개처럼
슬픔이 숨어 있던 시대
그의 노래는
천지사방 어두운 벽들을 넘는
나뭇가지가 되어
쓸쓸한 사람들의 손을 어루만졌지.

하지만
누구에게나 그렇듯
겨울은 왔고,
목쉰 바람을 따라간 이국에서
삭정이처럼 부러지던 노래의 열망.

이 땅에 돌아와서도
몇 년의 빈 시간을 거쳐서야
노래의 가지가
사람들의 손에 비로소 가 닿았네.

그는 콘서트에 온 벗들에게 고백했지.
노래 부르는 모습을 보여 주고 싶은데
열두 살 딸아이는 여기 오지 않고
제 친구 생일 파티에 갔네요.

새처럼 날아간 자식에게도
부모는
든든한 나무이고 싶은 것.

나는 보았네,
그의 노래가
쓸쓸한 손들을 다시 어루만지고
하늘로 뻗는 가지가 되어
세상 떠난 어머니에게까지 가 닿는 것을.

40주년 가수의 비움과 채움

— 가수 최백호 2

그는 몰랐다고 했다.
돈이 없어 그림 공부를 하지 못하고
라이브 카페서 노래를 했던 청춘이
가수로만 40년을 살아 낼 줄을.

인생의 운이 다 죽는 법은 없어
갈 곳을 잃어 헤맬 때
환호가 찾아오고
낭만이 없는 나이를 아쉬워할 때
박수가 터졌다.

그래서 찬바람에 무릎 꿇지 말고
끝끝내 걸어가야 하는 것.

그는 금음 체질을 타고난 줄 안 다음부터
조금씩 비우고 있다고 했다.
고기를 먹지 않고
배의 한 부분을 비워서

끝끝내 걸어갈 힘을 채우는 것,

라디오 심야 방송에서 얻은 끈기를 채우고
늦된 그림 작업에서 느낀 보람을 채우면
60주년에도
그가 노래와 함께 호흡할 것을
나는 알겠다.

최백호 (崔百浩, 1950~)

그는 대중과 친숙한 연예인이면서도 딸깍발이 이미지가 있었다. 마음에 들지 않는 후배들에게 쓴소리를 마다하지 않는다는 소문이 연예계에 무성했다. 수준 낮은 인터넷 댓글에 일희일비하며 그것을 마치 여론인 양 호도하는 우리 사회의 경박함에 대해서도 이런저런 자리에서 수차례 지적하기도 했다. 초창기 앨범에 썼던 이름 '崔白虎'와 잘 어울리는 선비 기질이 그에게 있었던 것이다.

그는 60을 넘기면서부터는 남들이 듣기 싫어하는 소리는 하지 않으려 애쓴다고 했다. 그래서일까, 그의 얼굴이 이전보다 훨씬 더 편안해진 느낌을 준다. 물론 특유의 예민함이 다 가신 것은 아니지만.

그는 연예인축구단의 오랜 멤버로서 후배들과 함께 운동장에서 어울려왔다. 다소 마른 체형으로 보이지만, 체력이 강건한 편이다. 자신이 팔상 의학적으로 금음金陰 체질인 것을 안 다음부터는 육식을 금하면서 건강을 살펴왔다고 한다.

이처럼 절제를 통해 자신을 관리해 온 그는 새로운 도전을 많이 하고 있다. 60세 때 MBC 미니시리즈 〈트리플〉에서 주인공의 아버지 역할을 맡아 생애 처음으로 연기를 해 봤다. 2008년부터 진행하고 있는 SBS 라디오 러브 FM의 〈최백호의 낭만시대〉는 중장년층 마니아를 거느리고 있는 프로그램이다. 그는 또한 다양한 다큐멘터리 프로그램 내레이터로 활약하고 있다.

그가 그림에 일가견이 있다는 것은 잘 알려져 있다. 전시회도 수차례 열었다. 그의 그림 사랑에는 가슴 아픈 사연이 있다. 그는 어렸을 때부터 그림에 소질에 있어서 미술 공부를 하고 싶었다. 그러나 가정 형편 때문에 그림 공부를 할 수 없었고, 그로 인해 그림 작업은 오랫동안 꿈으로만 있었다. 그 열망이 뒤늦게 발화하고 있는 것이다.

그는 부산에서 국회의원을 지낸 아버지와 초등학교 교사였던 어머니 사이에 1남 1녀 중 막내로 태어났다. 생후 5개월 만에 아버지가 교통사고로 타계하는 바람에 가정 형편이 어려울 수밖에 없었다.

최백호는 부산 가야고를 졸업한 후 미대에 진학하고 싶은 꿈을 접고 라이브 클럽에서 노래하는 마이크를 잡았다. 어린 시절에 그는 노래 부르는 것을 그다지 좋아하지 않았다고 한다. 그러나 생계를 위해 섰던 라이브 공연 무대가 뜻밖의 성공을 거둬 가수의 길을 열었다.

1970년, 최백호가 23세였을 때 어머니가 병으로 타계했고, 그는 크게 상심해 방황을 했다. 이듬해 군에 입대했으나 결핵 판정을 받고 의가사 제대를 했다.

제대 후 부산 음악 살롱 무대를 전전하던 중 가수 하수영이 서울 서라벌레코드사를 연결해 주면서 상경했다. 1976년 데뷔곡인 〈내 마음 갈 곳을 잃어〉가 공전의 히트를 기록하며 그의 이름이 순식간에 떠올랐다. 이 노래는 세상을 떠난 어머니를 그리워하는 사모곡이다. 군 입대 전에 그가 써 놓은 가사에 작곡가 최종혁이 곡을 붙인 것. 쓸쓸함이 묻어나는 곡조와 그의 탁성이 기막힌 조화를 이루면서 거리를 휩쓰는 인기곡으로 탄생했다.

그는 허스키 보이스를 살린 독특한 창법으로 〈그냐〉〈입양전야〉 등을 잇달아 유행시키며 인기가수의 반열에 올랐다. 1980년 〈영일만 친구〉라는 곡으로 TBC 방송가요대상 남자가수상을 수상했다. 1983년에는 〈고독〉으로 MBC 10대 가수상, KBS 가요대상 남자가수상을 수상하며 절정의 인기를 구가했다.

이 시기에 예기치 않게 이혼의 아픔을 겪으며 가수 활동도 위기를 맞았으나, 재혼한 후 안정을 찾아 복귀하였다. 그러나 한 번 시들해진 인기는 이전처럼 회복되지는 않았다. 1988년 앨범 《시인과 촌장》을 끝으로 1989년 미국으로 이민함으로써 국내 무대를 접었다. 로스앤젤레스에서 한인방송 라디오코리아 DJ 등으로 활동하며 지냈다.

국내에 돌아온 후 그는 트로트에 자신의 색깔을 입힌 새로운 시도를 한다. 1995년에 발표한 〈낭만에 대하여〉는 나중에 드라마에 삽입되면서 전 국민의 사랑을 받았고, 그의 이름이 다시 회자되는 계기가 됐다. 일견 운이 좋았던 것으로 보이지만, 그가 꾸준히 음악 작업을 해온 것이 바탕이 됐다고 본다. 〈애비〉에서 처음 시작해 〈낭만에 대하여〉, 〈어느 여배우〉 등으로 이어진 '최백호 스타일'의 노래들.

그는 근년에도 후배들의 새 감각을 배우기 위해 애쓴다고 했다. 나이가 들어도 탁해지지 않는 영혼으로 살기를 절실히 소망하고 있다. 이게 그가 젊은 세대와도 소통하는 대중문화인으로 장수하는 비결이라고 생각한다.

사소한 손짓

— 배우 안성기

사소한 손짓이 큰 너그러움을 만들고
위대함은 작음에서 시작한다는 것을
그날 그에게서 보았다.

바닷가 호텔에서 열린
부산영화제 위원장의 은퇴 자리였다.
기념 촬영을 하는 순서에
그가 김지미, 신성일 선배를 안내해서
단상에 정중히 모셨다.

그때 사람들이 붐비는 홀에서
문성근이 홀로 서성거리는 게 보였다.
영화 동네가 편을 갈라 싸우던 시절에
노장 김지미의 반대 쪽에 있었다는
소문의 장본인이었다.

그가 홀 쪽의 문성근을 향해
부드럽게 웃으며 손짓을 했다

어서, 이리 와.

문성근이 어색한 얼굴을 하면서도
단상으로 올라왔고,
김지미와 노장들은 모르는 체
슬며시
자리를 열어 줬다.

안성기 (安聖基, 1952~)

"이전 작품들에서 젊은 배우들과 키스신을 할 때도 긴장했던 기억이 있는데, 안성기 선배님과의 키스는 제가 나쁜 짓을 하는 느낌이었어요. 겉으로 말은 하지 않았지만, '실례하겠습니다. 한 번에 끝내겠습니다'라는 분위기였지요. 그때 선배님은 진지하셨고, 저는 너무 좋았습니다."

배우 이하나의 고백이다. 지난 2010년 영화 〈페어 러브〉를 개봉할 때였다. 안성기는 이 영화에서 나이가 서른 살이나 어린 친구 딸 이하나와 사랑을 나누는 사이로 나왔다. 죽은 친구의 부탁으로 친구 딸을 돌보다가 사랑의 감정을 느끼게 된다는 스토리였다.

이때 안성기는 "촬영을 하며 다 좋았는데 극중 남은(이하나)으로부터 계속 '오빠'라고 불리는 게 마음에 걸렸다."고 했다. 그의 말을 들으며, 나는 슬며시 미소 지었다. 환하고 밝은 것을 지향하는 그의 품성이 절로 드러났기 때문이었다.

기자 출신으로 영화 일을 하는 이창세는 자신의 저서에서 이렇게 말했다. "한국 영화의 매력에 푹 빠진 것은, 27년 전 배우 안성기를 만났을 때 그 소탈하고 열정적인 모습에 감동해서였다." 안성기를 직접 만나 본 기자라면 누구나 공감이 가는 이야기일 것이다.

연전에 부산국제영화제에서 기자 몇 사람이 안성기, 박중훈과 함께 점심을 먹은 적이 있다. 그때 나는 두 사람과의 대화를 통해 그들이 한국 영화계의 대표 배우로서 책임감이 얼마나 큰지를 실감했다. 두 사람은 막역한 선후배 사이로 허물없이 농담을 주고받았으나, 그 바탕에 존중을 깔고 있다는 것을 알 수 있었다.

안성기는 아역 배우 출신이지만 한 번도 연기 교육을 받은 적이 없다고 한다. 외모가 특별하게 수려한 것도, 목소리가 좋은 것도 아니다.

그런 그가 오랜 세월동안 꾸준히 영화에 출연할 수 있었던 비결은 무엇일까. 단연코 그의 성실한 품성에 있을 것이다. 그는 자신이 출연한 영화의 촬영 현장에서 언제나 최선을 다하는 것으로 유명하다. 이런 배우는 꽤 있다. 그런데 그에게는 여느 스타 배우와 다른 것이 있다. 자신이 최선을 다한다고 해서 선후배에게 그것을 과시하고 또 강요하지 않는다는 것.

그는 영화계의 크고 작은 행사에도 많이 참여한다. 각종 영화제에서 직책을 맡는가 하면, 스크린쿼터 축소 저지 투쟁이나 불법 다운로드 근절 운동 같은 것에 적극적으로 앞장선다. 그렇다고 해서 그에게 운동꾼 혹은 정치 배우 이미지가 있는 것은 아니다. 그것은 그가 영화계의 진영 논리에 빠지지 않고 두루 아우르는 행보를 보여 왔기 때문일 것이다.

잘 알려진 것처럼, 그는 만 5세인 1957년 영화 〈황혼열차〉로 데뷔했다. 이 작품은 김지미의 첫 작품이기도 하다. 농담을 섞어 말하자면, 그와 김지미는 데뷔 동기인 셈이다. 김기영 감독이 아역 배우가 필요하자 당시 영화 기획자였던 친구(안화영)의 아들인 그를 급하게 섭외해서 출연시킨 것이었다. 그는 연기를 잘한다는 평을 들었고, 이후 〈모정〉(1958) 등 70여 편의 영화에 출연했다. 〈10대의 반항〉(1959)으로 일곱 살의 나이에 샌프란시스코 영화제에서 특별상을 수상하기까지 했다.

그는 고등학교 진학과 함께 영화계를 떠났다. 자신의 뜻대로 아역 배우 활동을 한 게 아니니 큰 미련을 갖지 않았다는 게 그의 회고다.

대학에서 베트남어를 전공했고, 군인으로 베트남에 가려고 했으나 파병이 끝난 시기라서 뜻을 이루지 못했다. 전방에서 군 복무를 하고 나온 그는 취업을 시도했으나 실패를 거듭했다. 그때 활로로 찾은 것이 영화였다.

그는 이장호 감독의 〈바람 불어 좋은 날〉(1980)에서의 호연으로 일약 스타로 부상한다. 영화계로 돌아와서 대박을 터트린 셈인데, 사실은 그 이전에 답답한 시기가 있었다. 성인 연기자로 새로 데뷔한다는 심정으로 4편의 작품에 출연했으나 아무도 그에게 주목을 하지 않았던 것. 그는 좌절하는 대신에 원고지에 시나리오를 쓰며 영화를 알기 위해 애썼다고 한다. 그렇게 노력하는 자세가 감독들에게 좋은 인상을 줬고 주요 배역을 얻는 데 도움이 됐다.

그는 이후 임권택, 이장호, 배창호, 곽지균, 이명세, 박광수, 장선우, 강우석, 이현승 감독 등의 작품에 출연하며 한국 대표 배우로서 자리를 굳혔다. 무채색의 연기자라는 별칭에 걸맞게 각종의 캐릭터를 소화하며 폭넓은 연기 스펙트럼을 보여 줬다. 구도를 지향하는 스님(〈만다라〉, 1981), 자폐적인 남자(〈적도의 꽃〉, 1983), 낙천적인 거지 왕초(〈고래 사냥〉, 1984), 욕망에 사로잡힌 남자(〈깊고 푸른 밤〉, 1985), 신분 제도에 절망하는 인물(〈내시〉, 1986), 이상을 사랑하면서도 현실에 적응하는 남자(〈겨울 나그네〉, 1986), 순애보의 화신(〈기쁜 우리 젊은 날〉, 1987), 자본주의의 첨병(〈성공시대〉, 1988), 연좌제에 묶인 가난한 노동자(〈칠수와 만수〉, 1988), 몽상가(〈개그맨〉, 1989), 이념의 인간(〈남부군〉, 1990), 정치 음모를 집요하게 추적하는 기자(〈누가 용의 발톱을 보았는가〉, 1991), 냉정한 디자이너(〈그대 안의 블루〉, 1992), 베트남전 참전 군인(〈하얀 전쟁〉, 1992), 비리 경찰(〈투캅스〉, 1993), 전쟁 시기의 민족주의자(〈태백산맥〉, 1994), 소심한 샐러리맨(〈남자는 괴로워〉, 1995), 당파의 정쟁을 헤쳐나가는 개혁군주 (〈영원한 제국〉, 1995), 감정 없는 킬러(〈인정사정 볼 것 없다〉, 1999) 등.

영화사로 보면, 그는 한국 영화 르네상스 이전 시기인 1980년대와 1990년대를 이끈 독보적인 배우였다. 이는 그가 철저하게 캐릭터를 연구하고 언제라도 연기를 할 수 있도록 심신 상태를 유지했기에 가능했다는 게 영화 연구자들의 공통된 의견이다. 20대에 입었던 청바지 사이즈가 60대에도 맞는다고 할 정도로 그는 꾸준히 운동을 하며 자신을 관리해 왔다.

21세기에 와서도 안성기는 한국 영화에서 주요 역할을 맡는다. 이전과 다른 게 있다면, 주역뿐만 아니라 조연도 하게 됐다는 것. 〈무사〉로 청룡영화상 조연상을 수상한 것이 2001년이다. 2003년작 〈실미도〉에서 최준위 역을 맡았던 그는 2005년작 〈형사〉에서 안 포교 역으로 나온다. 2006년작인 〈한반도〉에서 대통령을 연기하는데, 역시 주역인 조재현(최민재 박사)을 받쳐 주는 역할이었다.

'혼자보다는 더불어 빛나는 별'로 자리하게 된 그의 연기가 특별히 돋보인 것은, 〈라디오 스타〉(2006)의 매니저 역이었다. 한물간 배우의 매니저로서 겉으론 유들유들하게 보이지만 가슴에 따스한 정이 흐르는 역할을 그만큼 잘 해내는 배우가 없을 것이라는 찬사를 얻었다.

〈화려한 휴가〉(2007)와 〈신기전〉(2008)을 거쳐 온 그의 필모그래피는 근년에도 쉬지 않는다. 죽은 아내를 연민하면서도 젊은 여인을 욕망하는 중년 남자의 내면을 비춰주는가(〈화장〉, 2015) 하면, 자본의 탐욕에 맞서는 남성을 여전히 거칠게 표현(〈사냥〉, 2016) 한다.

그는 그동안 배우로 활동하며 각종 국내 영화상을 휩쓸었으나, 해외 영화제의 주요 상을 받지는 못했다. 이는 그의 전성기에 한국 영화가 해외에서 크게 주목을 받지 못한 탓이다. 그럼에도 그걸 아쉬움으로 토로하는 이들이 많다. 상이 중요한 것은 아니지만, 그런 아쉬움을 그가 앞으로 해소해 주리라고 믿는다. "여전히 다음 작품이 최고작이 될 거라고 여긴다."는 그의 말을 신뢰하기 때문이다.

나이든 소년의 독백

― 배우 강석우

스턴트맨이나 대역이 왔을 때
대신 일을 맡겼어야 했다.
그분들에겐 생계가 달려 있는 일인데,
내가 왜 직접 한다는 만용을 부렸을까.

그 젊은 나이에 몰랐던 것을
이제 안다고 해서
후회가 엷어지진 않지만,

피리 부는 소년의 얼굴에
세월이 묻었다는 소리를 들어도
웃어 넘길 수 있는 것은
역시 세월을 겪은 덕분이다.

갈망하던 것을 이루기보다
꿈꿀 때가 행복하다고
후배들을 다독일 수 있는 것은
비와 바람의 시간을 견딘 덕분이다.

그토록 꿈꾸고 또 꿈꿨던
음률과 함께 하는 이 행복,
맘껏 누리며 중얼거린다.
이제부터 천천히 갔으면.

강석우(康石雨, 1957~)

"당신은 젊었을 때와 똑같아."

단아한 외모를 한 중년 여성이 옆에 있는 남성에게 이렇게 말한다. 건강 음료 광고에서다. 그 남성의 젊은 시절 사진이 화면에 떠오른다. 우수에 찬 눈빛을 하고 있는, 수려한 외모의 청년.

이 청년이 저 푸근한 얼굴의 중년 남성으로 변했음을 알 수 있다. 화면이 다시 바뀌면 중년 남성은 쑥스럽게 웃고, 여성은 '건강 음료가 젊음을 유지하는 비결' 이라는 멘트를 날린다.

중견 배우 강석우와 그의 아내 나연신이 함께 찍은 광고 내용이다. 화목한 가정을 이루고 있는 부부의 모습이 오롯이 투사됐다.

강석우는 중년에 접어들면서 따뜻하고 지적인 이미지를 대중들에게 주고 있다. TV 예능 프로그램 등을 통해 엄격하게 자기 관리를 하면서도 가정적인 모습을 보여 줬다.

나는 이런 그에게 호감을 지니면서도 어딘지 모르게 아쉬움을 느끼고 있다. 그에게서 '피리 부는 소년' 의 환영을 보고 싶어서일 것이다. 그가 젊은 시절에 출연했던 영화 〈겨울 나그네〉(1986)에서의 이미지. 세상에 적응하지 못해 떠도는 순수한 영혼의 우수와 슬픔을 암암히 그리워하는 것이다.

그때 나도 만 스무 살의 대학생이었다. 자취방이 있는 서울 안암동에서 충무로의 명보극장까지 혼자 걸어가서 영화를 봤다. 극장 중간 좌석에 앉았는데, 눈물이 펑펑 쏟아지는 바람에 자리에서 일어나 통로로 나가야 했다. 극중 대학생 연인이었던 민우(강석우)와 다혜(이미숙)의 이별이 그렇게 애틋할 수가 없었다. 영화를 다 보고난 후에 다시 안암동까지 걸어갔다. 차비가 없어서가 아니라 그냥 그렇게 걸어가고 싶었다.

그 걸음 속의 감상에 자리 잡은 강석우의 이미지는 그 후로도 오랫동안 '피리 부는 소년'이었다.

물론 그는 그 후에 수많은 작품에 출연하며 끝없이 자기 혁신을 이뤄 냈다. 특히 안방극장에 활발히 등장하며 대중과 친화하는 배우로서 존재감을 과시했다.

강석우는 1957년 부산에서 태어났다. 본명은 강만흥康萬興. 서울에서 중·고교를 나온 후 재수를 해서 1977년 동국대 연극영화학과에 들어 갔다. 책『강석우의 청춘 클래식』은 그의 프로필을 이렇게 적었다.

'1978년에 영화진흥공사 제1회 남녀 신인 배우 모집에서 최종 선발되 었고 〈여수〉로 영화계에 데뷔했다. 〈겨울 나그네〉, 〈잃어버린 너〉, 〈상 처〉 등 여러 편의 영화와 〈보통 사람들〉, 〈학교〉, 〈아줌마〉, 〈반올림2〉, 〈열아홉 순정〉 등 수많은 TV 드라마에 출연했다. 〈여성시대〉 등 라디오 프로그램 진행자로도 오랫동안 활동했다. 백상예술대상 남자 신인연기 상(〈보통 사람들〉, 1984), 부산평론가협회 남우주연상(〈겨울 나그네〉, 1986), MBC 연기대상 최우수상(〈아줌마〉, 2001), 한국PD대상 최우수 상(〈여성시대〉, 2012) 등을 수상했다. 클래식 음악 애호가로도 유명하 며 클래식 음악을 대중들에게 확산시키는 일을 하고 있다. 현재 CBS라 디오 음악 FM 〈강석우의 아름다운 당신에게〉 진행자로 인기를 얻고 있 다.'

책『강석우의 청춘 클래식』은 음악에 대한 그의 사랑을 담고 있는 에 세이집이다. 클래식을 즐기며 삶을 윤기 있게 가꿔 나가려는 그의 생활 을 헤아릴 수 있다.

책의 구석구석에 배우로서 살아온 삶의 궤적이 절로 묻어날 수밖에 없다. 22세 신인 연기자 때 상대역이었던 당대의 여배우 윤정희에게 느껐던 경외는 그녀의 배우자인 피아니스트 백건우에 대한 존경으로 이어졌다는 게 그의 고백. 그는 〈겨울 나그네〉 감독 곽지균과 친한 사이였는데, 곽 감독이 극중 민우처럼 자살을 하고 난 뒤에 그의 외로움을 더 살뜰히 살피지 못했던 것을 뼈아프게 후회했다고 썼다.

그의 책을 읽다 보면 알 수 있다. 그가 온갖 인생을 대신 살아 본 배우로서 세상의 허무를 다 알면서도 그것을 껴안고 아름답게 살고자 하는 균형 감각을 지니고 있음을. 그의 친구인 배우 송승환이 했던 말, 즉 '강석우는 가슴이 따뜻하고 깊다'는 것에 공감할 수 있다.

독후의 여운을 간직한 채 그에게 전화를 했더니 "책을 읽어 주서서 고맙다."고 했다. 담백하면서도 따스함이 스며 있는 음성이었다.

이런 배우와 동시대를 살며 함께 나이 늘어가는 뿌듯함! '피리 부는 소년'에의 향수를 잊을 수 있을 듯싶다.

벌떡 할아버지의 추억

— 가수 현숙 1

늙어도 남자들은 거시기가 선다잖아,
그래서 조심조심 몸을 닦았지.
그래도 거기를 안 닦을 수는 없으니
이거 어쩌나
눈을 질끈 감고 할 수밖에.

이동 목욕차를 일곱 번째 기증하는 날,
장흥군의 환자 할아버지였어.
오랫동안 목욕을 못하셨다는데
몸집이 큰 분이라
시간이 많이 걸렸어.
일어설 수도, 말씀도 못하시는 분이라
아버지 생각이 절로 나서
정성껏 닦아 드렸지.

다행히 거시기가 일어나지 않은 채
목욕이 끝나
뒷정리를 하고 집을 나오려는데,

느닷없이 할아버지가 벌떡 일어나
소리치는 거야.
"핸숙아, 또 또…"

있는 힘껏 소리치는 그 말은
또 와 달라는 거잖아.
그러니,
생각해 봐라,
내가 어떻게 또 안 가겠니.

정말로 어떨까

― 가수 현숙 2

동생인 나도 그래,
효녀 가수라는 말이 답답해.
그러니 누이는 오죽할까,
그 말의 감옥이 얼마나 옥죄어 올까.

그래서 훨훨 날아다니듯
여기저기 찾아
새처럼 노래하는구나,
사람 사이 벽을 넘어가는구나.

노래하는 작은 재주로
많은 이를 즐겁게 하니
얼마나 큰 복을 받은 거냐며
환하게 웃는 누이,

매일 밤 행복한 피로감 덕분에
누우면 바로 잠에 빠진다는 누이,
그 잠 속에서는 노래하지 말고,

그냥 편히 쉬면 어떨까,

혼자서 밥을 먹을 때는
조금 외롭기도 하다는 누이,
외로움을 이기려 하지 말고
그냥 가만히 잠겨 보면 어떨까.

현숙(玄淑, 본명 정현숙)

가수 현숙에 대한 기사를 볼 때마다 혼자 웃음을 머금곤 한다. 기사에서 '현 씨는 이러저런 일을 했다'고 표현하는 경우가 많기 때문이다. 그녀는 현 씨가 아니라 정 씨다. 본명은 정현숙鄭賢淑.

그녀가 가수가 되겠다고 했을 때 집안의 일부 어른들이 양반가의 전통을 이어온 가문 망신을 시키는 게 아니냐는 염려를 했다. 당시 그녀의 매니저였던 김상범(〈오뚝이 인생〉을 부른 가수)이 그 이야기를 듣고 이름에서 성을 빼고 예명을 지어 줬다. 6남 6녀(3남 3녀 생존) 중 열한 번째 아이였던 현숙은, 그러나 정씨 가문을 빛내는 인물이 돼 집안의 든든한 기둥 역할을 했다.

전북 김제 태생인 그녀는 어렸을 때 판검사가 되기 위해 공부를 열심히 했다. 그러나 김제여고에 들어간 후 큰 키 때문에 배구선수를 했다. 전국체전에 출전하기도 했던 그녀는 내장산 전지 훈련 중에 군산 서해방송의 노래자랑대회에 우연히 나갔다가 입상하는 바람에 가수의 꿈을 갖게 됐다.

"고교 졸업 후 가수가 되려고 김치 한 통에 쌀 한 말만 갖고 상경했어요. 돈을 아껴야 하니 밥을 제대로 못 먹었지요. 연탄불 아끼려고 냉방에서 잤어요. 빈혈에 걸려서 약국 앞에서 쓰러진 적도 있지요. 약국에서 약을 줄 것이라는 생각에서. 그런 일을 겪었기 때문에 어려운 사람들의 고통을 절실히 알아요. 길거리에 엎어져 있는 사람들을 보면 그냥 지나갈 수가 없어요."

그녀는 지난 2004년부터 매년 전국 각지에 '이동 목욕 차량'을 기증해 왔다. 이 차량은 거동이 불편한 어르신들을 목욕시킬 수 있는 것으로, 한 대 제작하는 데 4천만~5천만 원이 들어간다. 고향인 김제를 시작으로 울릉도, 경남 하동, 충남 청양, 강원도 정선, 경북 칠곡, 전남 장흥, 제주도, 충북 영동, 연평도, 전남 고흥, 전북 순창, 경북 청송, 울산 울주 등 14곳에 이동식 목욕 차량을 기증하고 목욕 봉사에 참여했다. 그동안 들어간 비용만 5억 원이 훌쩍 넘는다.

그녀는 "거동이 불편하신 어르신들께 이동목욕 차량이 꼭 필요한 도움이라고 생각해 기부를 시작했는데, 스스로와의 약속을 매년 지킬 수 있어서 정말 행복하다."고 했다. 그녀는 "부모님 생전에 목욕을 시켜드릴 때 무척 좋아하셨는데, 목욕탕으로 이동할 때 이불을 칭칭 감고 거기에 부모님을 모셔야 하는 등 어려움이 많았다."고 감회에 젖었다.

현숙은 '효녀 가수'라는 별칭이 무척 부담스럽지만, 그에 걸맞게 행동하려 애쓰고 있다고 했다. 그녀의 아버지는 7년간 치매를 앓다가 1996년 세상을 떠났고, 어머니는 14년간 중풍으로 투병하다가 2007년 별세했다. 그녀가 병석의 부모를 극진히 모시는 모습이 알려지면서 지금의 별칭을 얻었다. "부모님을 모시는 것은 당연한데, 효녀라고 하니 부끄럽기만 해요. 어머니, 아버지가 하늘에서 보실 때 자랑스러워할 수 있도록 매일 씩씩하게 살려고 하지요."

나는 그녀와 동향인 덕분에 이런저런 자리에서 가끔 만나고, 평소에도 전화 등을 통해 대화를 자주 나눈다. 그때마다 어디서 저런 활기가 솟구칠까, 의문이 생긴다. 그녀를 알고 난 후 초기 몇 년은 그 활기가 부담스럽기도 했다. 좀 가볍게 여겨졌던 것이다.

그러나 그녀를 알면 알수록 고개가 숙여진다. 그녀는 자신이 피곤하더라도 이웃들에게 좋은 기운과 웃음을 전하고 싶어 한다. 종교인이 아닌데도 종교인의 심성으로 이웃들을 위해 선한 일을 일관되게 실천한다.

"부모님으로부터 건강한 정신과 신체를 물려받았잖아요. 그게 얼마나 고마운 일입니까. 노래하는 작은 재주로 사람들을 즐겁게 할 수 있으니 그것도 복받은 일이지요."

그녀는 지금도 전국의 크고 작은 무대에 서서 노래를 부른다. 나는 그녀에게 "지방의 작은 행사에는 가지 말라."고 권한 적이 있었다. 그때 그녀의 대답. "나를 찾는 사람들이 있다면, 내가 아무리 피곤하더라도 가야 하지요. 그렇게 즐겁게 노래 부르고 작은 돈이라도 벌면, 그걸 어려운 사람들을 위해 쓸 수 있으니 얼마나 좋은 일이에요."

그녀는 특유의 콧소리로 누구에게나 밝게 인사한다. '안녕하세요, 현숙이에요'라는 무대 멘트는 후배 연예인들이 흉내 내곤 한다. 그만큼 친근한 느낌을 주는 가수다.

그녀는 안티가 없는 드문 연예인이다. 그것은 자기 관리를 철저히 하며 스캔들을 만들지 않은 덕분이다.

매사에 투명한 그녀가 딱 하나 감추는 게 있다. 자신의 나이. 그녀는 '결혼을 하지 않은 아가씨 나이는 밝히지 않는 게 예의'라고 눙친다. 아마 팬들에게 나이든 느낌을 주고 싶지 않아서일 것이다.

1979년 〈타국에 계신 아빠에게〉로 데뷔한 그녀는 1980년에 〈정말로〉 등이 공전의 히트를 기록하면서 4년 연속으로 10대 가수로 선정되기도 했다. 이후 침체기를 겪다가 1995년에 〈사랑하는 영자 씨〉가 큰 인기를 얻은 덕분에 재기에 성공했다. 이때부터 2009년까지 14년간 KBS 가요대상 10대 가수에 선정됐다. 〈요즘 여자 요즘 남자〉, 〈물방울 넥타이〉, 〈춤추는 탬버린〉 등이 히트했다.

그녀는 근년에도 쉼 없이 신곡을 발표하고 있다. 2017년에도 〈이별 없는 부산 정거장〉을 내놨다. 남인수 선생의 〈이별의 부산 정거장〉을 모티프로 한 작품으로, 그녀가 직접 가사를 썼다.

그녀가 본명 정현숙이라는 이름으로 노랫말을 짓는다는 사실은 가요계에 널리 알려져 있다. 근년에 발표한 곡 중에 〈내 인생에 박수〉라는 작품이 있다. 이 가사를 보면 그녀의 인생관이 그대로 묻어난다.

'저 달이 노숙했던 지나온 세월/눈물없이 말할 수 있나/인생 고개 시리도록 눈물이 핑돌고/내 청춘은 꽃피었다 지는 줄 몰랐다/달빛처럼 별빛처럼 잠시 머물다 가는 게 인생이더라/내 인생에 박수/내 인생에 박수/내 인생에 박수를 보낸다'

공책 속의 말들이

― 가수 최성수

노랫말을 빼곡 쓴 공책을 보여 주며
그는 자랑이 묻어나는 웃음을 웃었다
그의 늦가을 음색을 사랑하는 이에게는
당혹스러울 만큼 무구한 얼굴이었으나
아직 노래가 되지 못한 공책 속의 말들이
그의 선량한 웃음으로 익어 가길 바랐다
세상의 상처와 독한 소문의 냄새를 이기는
향기로운 음악이 마침내 되어 주길 바랐다.

최성수(崔性洙, 1960~)

'아이구 이리 축하를 해주시다니요. ㅎㅎ감사합니다.'

최성수의 문자다. 그의 집안 일이 잘 풀린 것을 축하했더니 이렇게 답을 보내 왔다.

그의 단정한 이미지로 보면, 'ㅎㅎ' 같은 것은 쓰지 않을 것으로 여겨지지만 그 역시 시대에 적응하기 위해 애쓰는 아재인 것.

그는 1982년 언더그라운드 라이브 클럽에서 솔로 통기타 가수로 등장했고, 이듬해 1983년에 〈그대는 모르시더이다〉를 통해 솔로 가수로 정식 데뷔했다. 김창완, 임지훈 등과 그룹 '꾸러기들'을 꾸려서 잠시 활동하며 이름을 알렸다.

1986년 1집 앨범 《남남·애수》가 히트하면서 주목받기 시작했다. 이듬해 나온 2집 《동행》은 그를 일약 톱 가수 반열에 올렸다. 이 앨범의 타이틀곡 뿐 만 아니라 〈해후〉, 〈풀잎 사랑〉, 〈기쁜 우리 사랑은〉 등이 동반 히트했다. 싱어송 라이터인 그는 1970~1980년대 포크의 정서를 잇는 가사와 발라드 어법, 그리고 팝적인 요소까지 두루 수용했다는 평을 들었다.

그의 보이스는 '달콤한 슬픔'이 배어 있어서 특히 여성들에게 인기가 높았다. 외모도 출중했고 매너도 깔끔했다. 가요계 일각에선 최성수를 견제하기 위해 '느끼해 보인다'는 소문을 퍼트렸으나 솟구치는 그의 인기를 막지 못했다. 그는 2집의 성공을 계기로 음악적 완성도에 치중하며 오케스트라와 협연하는 등 실험적인 시도를 선보이기도 했다.

이후 3집 《후인》(1888)에 이어 《나보다 더 아픈 가슴을 위해》(1989), 《비창》(1990), 《누드가 있는 밤》(1993) 등의 앨범을 내며 꾸준히 활동했다. 그러다가 1995년 돌연 미국으로 유학을 떠났다. 이에 대해 그는

"당시 점점 인기가 떨어져 가는 내 자신의 모습이 싫었다."고 밝힌 바 있다. 당시 서태지와 아이들이 새로운 음악을 들고 나와 가요계를 강타했던 시기였다.

미국 버클리 음악대학교에서 뮤지컬 학사 학위를 받고 귀국한 그는 장안대 실용음악과 교수로 후학들을 가르치고 있다. 싱어송 라이터로서 꾸준히 작품을 만들고 있으며, 공연 무대도 계속 열고 있다.

그는 최근 시詩를 노래로 만드는 작업을 하고 있다. 대중들이 사랑하는 시 작품에 곡을 붙이고, 그걸 직접 자신이 부르겠다는 계획이다.

"시가 가진 멋과 안식, 그리고 여운을 공유하고 싶습니다. 정지용의 「향수」처럼 시가 노래로 만들어지면 더 많은 이들이 쉽게 자주 접할 수 있을 것입니다."

나는 최성수에게 시집을 선물한 적이 있다. 그는 그것을 두고두고 이야기한다. 시 읽기를 진짜로 좋아한다는 것을 알 수 있다.

그는 스스로 시를 쓰고 싶어 한다. 그의 공책에 시초詩草가 빼곡이 담겨 있는 것을 봤다.

그는 노력하는 인간 형이다. 독실한 크리스천인 그는 신 앞에 겸손하게 무릎꿇고 인간으로서 최선을 다한다는 자세인 듯하다. 신은 그에게 수많은 역할을 주셨지만, 역시 그는 우리 시대의 가객歌客이다.

그 역시 "한순간도 내가 '노래 부르는 사람' 임을 잊은 적이 없다."고 했다. "나이를 먹으며 좀 더 의미 있고 오래 기억될 만한 노래를 부르겠다는 열망이 커졌는데, 시를 노래하는 것이 새로운 시작이 될 것입니다."

넘버 3서 넘버 1으로

— 배우 송강호

그를 만날 때마다
뒷맛이 개운했다.
그는 안성기 선배와 다르게
영화 속에서 성기를 드러낼 정도로
연기를 사랑하는 사람이지만,
자신이 뭐라고
드러내는 법은 없었다.
넘버 3로 커서
넘버 1 그룹에 가서도
고개를 빳빳이 세우는 걸
본 적은 없었다.
그런 그의 이름에
시꺼먼 먹칠을 한 불한당들은
얼마나 어리석은가.
아닐 불不, 땀 한汗, 무리 당黨,
땀을 흘리지 않는 무리가
땀을 흘려 연기의 땅을 일군 이에게
딱지를 붙이는 일은

얼마나 쌈마이스러운가.
그렇거나 저렇거나
그는 그저 땀 흘리는 데
제 몸짓을 바치니,
그걸 보는 눈이
여전히 개운하다.

송강호(宋康昊, 1967~)

영화 〈박쥐〉 개봉 때 송강호를 만났다. 그가 〈쉬리〉를 통해 톱 클래스의 배우로 발돋움한 지 10년째 되는 해였다. 여느 배우라면 건방짐이 하늘을 찌를 만했다. 그러나 그는 겸손과 진중이 오래가는 무기라는 걸 아는 배우였다. 모든 질문에 성의껏 답했고, 말미에는 인상적인 답을 내놨다.

"영화 불황기일수록 대중과 안전하게 만나려고 하기보다는 항상 도전하는 자세를 갖는 것이 진정한 배우라고 생각합니다."

이런 태도를 지닌 이가 관객 동원에 있어서 주연급 배우들 중 수위를 차지하고 있다. 한국 영화에 다행이라고 해야 할 것이다.

물론 어느 스타들처럼 그에 대해서도 술좌석에서의 기벽 등 이런저런 뒷이야기들이 있다. 그런 일을 가까이서 지켜 본 이들은 그가 카메라 앞에서 겸손한 모습을 보이는 것이 연기의 일종이라고 말한다. 그럴지도 모르지만, 그가 대중문화 판에 있는 이로서 대중을 존중해야 한다고 생각하는 것은 분명해 보인다.

경남 김해 태생인 송강호는 중학교 시절부터 배우의 꿈을 키웠다고 한다. 연기 공부를 위해 부산 경성대 방송연예과에 들어갔고, 군 복무 이후 부산 지역 극단에서 배우 생활을 시작했다. 1990년 연우무대 지방 공연에서 단역으로 출연한 것이 계기가 돼 이듬해 연우무대에 입단했다. 이후 〈동승〉, 〈비언소〉 등의 연극에서 조연으로 출연했으나 두각을 나타내진 못했다.

1996년 영화 〈돼지가 우물에 빠진 날〉에서 단역으로 출연하며 영화판으로 들어왔다. 1997년에 이창동 감독의 〈초록 물고기〉에 출연하며 얼굴을 알렸고, 같은 해 송능한 감독의 〈넘버 3〉에서 조필 역으로 나와 특유의 말 더듬는 어투로 깊은 인상을 남겼다. 1998년 김지운 감독의 〈조용한 가족〉에서 아들 영민 역으로 출연해 코믹한 연기를 선보이며 평단의 인정을 받게 됐다.

20세기 말에 그는 연기력에 대한 찬사와 함께 흥행 배우라는 타이틀을 거머쥐었다. 1999년작 〈쉬리〉, 2000년작 〈공동경비구역 JSA〉에 출연했는데, 각각 관객 582만 명과 583만 명을 동원하며 당시 흥행 기록을 갈아치웠다.

나는 〈쉬리〉와 〈공동경비구역 JSA〉 사이에 나왔던 영화 〈반칙왕〉을 송강호 작품 중에서 가장 좋아한다. 극중 대호는 저조한 실적 탓에 상사에게 걸핏하면 헤드락을 당하는 소심한 은행원이지만 레슬링을 하는 링에서 자신만의 공간을 만들고 사력을 다해 뒤집기를 하려고 애쓰는 인물. 송강호는 익살과 페이소스가 함께 우러나는 연기로 대호 역을 훌륭하게 소화해 냈다. '웃으면 슬픈 시대의 얼굴'이라는, 그의 대표적 이미지가 이때 만들어졌다.

그는 어느 새 믿고 보는 배우가 됐고, 출연 영화들은 대부분 흥행에서 좋은 성적을 거두며 작품성에서도 높은 평가를 받았다. 〈살인의 추억〉(2003), 〈괴물〉(2006), 〈좋은 놈, 나쁜 놈, 이상한 놈〉(2008), 〈의형제〉(2010), 〈설국열차〉(2013), 〈관상〉(2013), 〈변호인〉(2013), 〈사도〉(2014), 〈밀정〉(2016) 등이 그의 필모그래피에 들어갔다.

한국 영화를 대표하는 인물인 그가 박근혜 정부에서 이른바 '블랙리스트' 앞부분에 있었다고 해서 논란이 됐다. 〈변호인〉에서 노무현 전 대통령 역을 했던 것 때문에 박 정부 핵심들이 그를 기피 인물로 찍었고, 영화 투자사들이 그의 기용을 한동안 꺼렸다는 것이다.

블랙리스트 논란은 박 정부 몰락의 한 사유였다. 문화예술인들 성향

명단을 만들어 특정인에 대한 지원을 배제했다는 혐의로 관련 공직자들이 법적 처벌의 대상이 됐다. 정치 권력이 어떤 명분을 내세우더라도 밀실에서 자신의 잣대로 문화예술인을 통제하려는 시도를 해서는 안 된다. 그럴 경우에 그런 분위기만으로도 문화예술인들은 자기검열을 하게 되고, 결과적으로 공동체의 문예는 정치권력의 하위에 자리하며 저급한 수준으로 전락하게 되는 것이다.

송강호는 2017년 여름에 개봉한 영화 〈택시 운전사〉를 통해 관객 1천 만 명 돌파 기록을 또 세웠다. 〈괴물〉, 〈변호인〉에 이어 세 번째였다.

〈택시 운전사〉는 송강호에 의한, 송강호를 위한, 송강호의 영화라고 할 만큼 그의 연기력이 빛났다. 그런데 그는 이 영화 출연을 선택할 때 쉽지 않았다고 고백했다. "배우로서 편향된 이미지를 가지게 될까 봐 자기검열을 하게 되더라."고 했다. 5·18 광주 민주화 운동을 배경으로 한 이 영화에 대해 "이 작품에 흐르는 정신은 민주화나 정치적 구호가 아니라, 사람의 도리"라는 자신의 생각을 밝혔다.

그는 이런 말을 통해 정치 권력이 문화예술인을 통제하는 것의 위험성을 지적했다. 동시에 자신의 영화 출연을 정치적으로 해석하는 것에 대해서도 경계했다.

그가 〈변호인〉에 출연했다는 이유로 불이익을 받은 것이 부당한 것처럼 〈택시 운전사〉 주인공이라고 정치 진영의 지원을 받는 것도 역시 바람직하지 않다. 앞으로도 송강호가 출연한 영화를 둘러싸고 여러 가지 이야기가 오갈 수 있지만, 그를 정치 싸움 전선에 세우지는 말았으면 한다. 그게 우리가 함께 호흡해 온 귀한 배우를 아끼는 길이다.

인간의 질투로 이길 수 없네

— 배우 겸 작가 차인표

브라운관에서 근육질 몸을 파는
그대를 처음 봤을 때
욕지기가 치밀었으나
그 후로 20년 넘게 토할 수는 없었네

극중에서나 실제에서나
그대의 말과 몸짓은 한결같이
그분의 말씀을 따르는 것이어서
인간의 질투가 이길 수 없었네

포도밭의 포도송이를 다 따지 말고
땅바닥에 떨어진 것도 줍지 마라
가난한 사람과 나그네를 위해
그들이 먹고 살게 남겨 두어라

그분의 명령을
사람의 언어로 지상에 전하느라
그대는 소설까지 썼고

그 책의 구석구석에서 나는 들었네

어둠은 빛을 가릴 수 없고
거짓은 참을 이길 수 없다
그리고
남편은 결코 아내를 이길 수 없다

사람의 눈물과 웃음은
그 분을 잉태한 어머니에게서 받았기에.

차인표(車仁杓, 1967~)

"당시 문화방송 MBC에 차인태 아나운서가 높은 자리에 있었다. 제작 본부장 아니면 부사장이었던 걸로 기억하는데 내 이름과 그분 이름이 비슷하다는 이유로 '친척이 아니냐? 낙하산이다'는 오해를 받았다."

차인표가 1994년 MBC 미니 시리즈 〈사랑을 그대 품안에〉로 스타로 떠올랐던 때의 일을 회고한 것이다. 당시 그는 워낙 갑자기 스타가 됐기 때문에 이런저런 오해가 많았다고 한다. 사실 그때는 〈장학 퀴즈〉를 오랫동안 진행했던 차인표 아나운서 이름이 훨씬 컸다. 나도 혹시 두 사람이 인척 관계가 아닌가 생각한 적도 있었다.

MBC에 낙하산으로 간 것은 아니지만, 차인표는 흔히 말하는 금수저 출신이다. 그의 아버지가 차수웅 전 우성해운 회장이다. 차 전 회장은 아들을 후계자로 키우기 위해 미국으로 유학을 보냈다고 한다. 그 때문에 차인표는 뉴저지 주립대학교 경제학과에서 공부했다.

차인표는 어렸을 때 연기자를 꿈꿔 영화 〈장군의 아들〉 오디션을 본 적도 있었다. 그러나 대학 졸업 후 아버지의 뜻에 따라 한진해운 미국 지사에서 영업 사원으로 근무했다. 한국으로 돌아와 여러 회사에 취직 원서를 냈지만 군필이 아니라는 이유로 입사하지 못했다. 그러던 중에 방송국 공채 탤런트 시험에 눈을 돌리게 됐고, SBS와 KBS 공채 시험에 잇달아 탈락한 뒤 1993년 MBC 22기 공채 탤런트 시험에 합격했다. 이 해에 드라마 〈파일럿〉, 〈한지붕 세가족〉, 〈우리들의 천국〉 등에 출연했으나 전혀 주목을 받지 못했다.

이 때문에 그가 1994년 〈사랑을 그대 품안에〉의 주인공 강풍호 역에 캐스팅 됐을 때 온갖 루머가 나돌 수밖에 없었다. 그의 캐스팅은, 아이러니하게도 그를 배우가 아닌 사업가로 키우고 싶어 했던 아버지 덕분이었다. 부모로부터 받은 준수한 외모, 미국 유학 덕분에 가능했던 영어 회화, 유학 시절에 미국 친구들에게 주눅 들지 않기 위해 보디빌딩으로 다진 육체미 등이 캐스팅 이유였기 때문이다. 강풍호는 극중 매회 근육질 상체를 노출시키는가 하면 색소폰을 부는 로맨틱한 모습으로 여심을 흔들었다.

차인표는 그 후 MBC 장수봉 PD의 〈까레이스키〉(1994)를 거쳐 〈그대 그리고 나〉(1997), 〈별은 내 가슴에〉(1997) 등으로 인기를 지속시켰다. MBC 〈왕초〉(1999)에서는 거지왕 김춘삼 역으로 변신해 시청자들을 놀라게 했다.

2004년에는 MBC 〈영웅시대〉에서 고 정주영 회장의 젊은 시절을 연기해 찬사를 받았다. 선굵은 캐릭터는 MBC 〈하얀거탑〉(2007)과 SBS 〈대물〉(2010) 등으로 이어졌다.

그는 영화 쪽에서도 활약했다. 〈알바트로스〉(1996), 〈닥터 K〉(1999), 〈목포는 항구다〉(2004), 〈한반도〉(2006), 〈크로싱〉(2008), 〈타워〉(2012), 〈감기〉(2013) 등이 그의 필모그래피에 속한다. 드라마 쪽의 성공에 비하면 영화에서는 다소 부진한 게 사실이지만, 스크린에 꾸준히 등장하고 있다.

2016년 KBS2 주말연속극 〈월계수 양복점 신사들〉은 중견 연기자로서의 그의 내공을 널리 알렸다. 털털한 성격에 의협심이 강하고, 익살맞으면서도 속이 깊은 양복 재단사 배삼도 역. 이로써 그의 연기 영역은 코믹 휴머니티 쪽으로 넓어졌고, 동시에 배우 생명이 훨씬 길어질 수 있음을 확인시켰다.

차인표는 2017년 할리우드 영화계 진출을 선언했다. 자신이 설립한 영화 제작사 TKC픽처스를 통해 미국 제작사와 손을 잡고 합작 영화를 추진하고 있다. 제작자로 활동하면서 직접 출연을 한다는 게 TKC픽처스의 설명이다. 50대에 접어든 그가 새로운 꿈에 도전하고 있는 것이다.

  나는 차인표와 이런저런 일로 연락을 주고받을 때마다 역시, 하며 고개를 끄덕이곤 한다. 그에게 붙어 있는 '바른 생활 사나이' 이미지에 딱 어울리는 언행을 하기 때문이다.

  알려진 것처럼, 그는 아동학대 예방 홍보대사로 활동하고 있으며, 북한 어린이 돕기와 전 세계 빈곤 아동들을 후원하기 위해 다양한 일을 하고 있다. 역시 배우인 아내 신애라도 그와 함께 봉사 활동에 헌신적으로 나서고 있다. 이들 부부는 두 자녀를 입양하여 사회적으로 입양에 대한 관심을 높이기도 했다.

  차인표 부부의 선행은 독실한 신앙에 바탕하고 있다. 나는 이들 부부가 기독교 정신을 일상에서 어떻게 펼쳐야 하는지를 보여 주는 모델이라고 생각한다.

  차인표는 배우로서는 드물게 소설을 쓰는 작가이기도 하다. 『잘가요 언덕』, 『오늘 예보』 등 장편소설을 발표했다. 나는 『오늘 예보』를 읽으며 감탄을 금할 수 없었다. 문장이나 구성력이 전문 작가 못지않았다. 그것보다도 더 놀라운 것은, 우리 사회 밑바닥에 사는 이들의 삶에 대한 작가의 애정이었다. 세상을 어렵게 건디는 이들에 대한 응원의 마음이 참으로 절절하게 다가왔다. 이른바 금수저들이 이 소설을 많이 읽었으면 좋겠다는 생각을 해 봤다. 좀 허망한 바람일 수 있겠으나, 차인표를 보면 그런 소망이 절로 생긴다. 이웃과 더불어 걷는 이들이 많아져 세상이 조금이라도 나아지기를!

천변만화

― 가수 겸 배우 엄정화

짙은 스모키 화장에 붉은 립스틱을 한
극중 팜프파탈로 나타나서
우후웃~

노래와 연기를 다 밀고 가서
더 올라갈 수 없는 곳에 서고 싶다며

저 높은 곳을 향해서라면
천 번 만 번 몸을 바꾸겠다며
우후웃~

앞길을 가로막은 악성 종양에
너는 내 상대가 아니라며

늘 새로 빛나는 스타로 살면서도
보통 사람처럼 가정을 꾸리고 싶다는
당신은 욕심쟁이 우후웃~

엄정화(嚴正化, 1967~)

그녀를 직접 만난 것은 영화 〈인사동 스캔들〉 개봉 전이었다. 그녀가 30대 말에 도달해 있을 때였다. 서울 종로구 삼청동의 한 카페. TV와 영화를 통해 아주 낯익은 얼굴이지만, 그녀를 똑바로 쳐다보기가 왠지 저어됐다. 검은 빛 톤의 옷을 입은 그녀에게서 아주 강렬한 기운이 뿜어져 나왔기 때문이었다. 영화 속의 팜프파탈 이미지를 그대로 현실 속에 옮긴 느낌이었다.

그러나 이내 마음이 편안해졌다. 그녀가 사진 촬영 직전에 지인들과 잠깐 이야기를 나누며 몇 번씩이나 까르르, 웃음을 터트려 준 덕분이었다. 옆에 있는 사람의 긴장을 확 풀어 주는 웃음이었다.

엄정화는 인터뷰 내내 소탈하면서도 진지한 모습을 보였다. 가식이라고 해도 십수 년간 정상급의 연예 스타로 살아온 사람에게선 보기 드물게 겸손한 어투였다. 그러나 그녀는 자신의 일에 대해 욕심이 많았고, 그것을 갈급하게 드러내는 것을 주저하지 않았다.

"더 정상으로 가고 싶어요. 모든 사람이 박수를 쳐 주는 그런 시절이 와서 '너 그렇게 노력하더니 정말로 잘됐구나' 라는 이야기를 듣고 싶어요."

실제로 그녀는 연기와 노래를 교직하며 자신의 삶을 아주 잘 가꿔 온 편이다. 수많은 후배들이 그녀를 롤모델로 꼽고 있다.

엄정화는 충북 제천에서 3녀 1남 중 둘째로 태어났다. 그녀가 어린 시절을 어려운 환경에서 보냈다는 것은 잘 알려져 있다. 중학교 음악 교사였던 아버지는 그녀가 6세 때 세상을 떠났다. 지금 배우로 활동하고 있는 동생 태웅이 태어난 지 100일도 안 됐을 때였다.

그녀는 제천여고를 졸업한 후 상경하여 카페에서 아르바이트를 했다. 중·고교 시절부터 노래 잘 부르기로 유명했던 그녀는 1989년 MBC 합창단 오디션에 합격해 방송계에 진출했다. 이후 쇼 프로그램에서 배우 최진실의 노래를 도와주게 되었는데, 이를 계기로 최진실의 소속사에 들어가게 되었다. 또 양수경의 코러스로 참여한 것이 인연이 돼 가수로 데뷔를 했다.

1992년에 심혜진이 주연을 한 영화 〈결혼 이야기〉의 단역으로 출연하며 영화계에 데뷔했다. 이듬해 영화 〈바람 부는 날이면 압구정동에 가야한다〉에 일약 주연으로 출연하며 신예 스타의 등장을 알렸다. 시인 출신 영화감독 유하가 자신의 시집을 바탕으로 만든 이 영화는 흥행에 성공하지는 못했다. 그러나 최민수, 홍학표와 함께 호흡을 맞춘 엄정화는 젊은 세대의 사랑과 욕망을 대변하는 캐릭터를 잘 소화했다는 평을 들었다.

그녀는 1993년 첫 정규 앨범 《Sorrowful Secret》을 발매했다. 당시 타이틀 곡이었던 〈눈동자〉는 독특하면서도 섹시한 느낌을 주는 안무로 엄정화라는 이름을 대중에게 각인시키는 데 성공했다,

그녀는 몇 개의 드라마에 출연한 후 1995년 두 번째 정규 앨범인 《Uhm Jung Hwa 2》를 발매했다. 이때 〈하늘만 허락한 사랑〉이 히트하며 가수로서의 입지가 굳어졌다. 이후로 꾸준히 앨범을 펴냈고, 그 중에 〈배반의 장미〉, 〈Poison〉, 〈몰라〉, 〈Festival〉, 〈다 가라〉 등이 폭발적인 인기를 끌었다.

가수로서 왕성한 활동을 하던 그녀는 30대 중반인 2002년 영화 〈결혼은 미친 짓이다〉로 스크린에 컴백했다. 결혼은 조건 좋은 남자랑 하되 연애는 사랑하는 사람과 하고 싶은 커리어우먼 연희 역이었다. 엄정화는 당차고 똑똑하면서도 퇴폐적인 섹시미를 풍기는 캐릭터를 멋지게

소화했고, 그 덕분에 '대체 불가 연기력'을 갖췄다는 찬사를 들었다. 고 장진영과 투톱을 이룬 2003년 작 〈싱글즈〉를 통해서도 호평을 얻었다.

나는 이때부터 엄정화의 작품을 챙겨 보기 시작했는데, 그녀의 팔색조 같은 변신에 매번 감탄을 터트리곤 했다. 드라마 〈아내〉(KBS2, 2003)에서 착한 아내 역을 했던 그녀는 〈12월의 열대야〉(MBC, 2003)에서는 젊은 남자와 사랑에 빠져 가정을 버리는 주부 캐릭터를 천연덕스럽게 해냈다.

영화 〈어디선가 누군가에 무슨 일이 생기면 틀림없이 나타난다 홍반장〉(2004)에서 푼수끼 있는 치과 의사 역을 맡는가 하면, 〈내 생애 가장 아름다운 일주일〉(2005)에서는 페미니스트인 정신과 의사 역을 연기했다.

첫 단독 주연 영화 〈오로라〉(2005)에서 그녀는 광기와 순수를 동시에 표출하는 인물을 완벽히 재현했다는 평을 들었다. 음악 영화 〈호로비츠를 위하여〉(2006)에서의 캐릭터는 한없이 선량한 것이었다.

엄정화는 그즈음에 음악에 다시 애정을 쏟으며 일렉트로니카electronica 장르 앨범을 내놓는다. 음악성이 뛰어난 문제작으로 일컬어지는 〈프레스티지Prestige〉가 이때 나왔다. 2008년에는 미니 앨범으로 발표한 《D.I.S.C.O》의 타이틀곡이 히트했고, 이 곡은 지금도 리메이크되며 사랑을 받고 있다.

그녀는 2009년 영화 〈인사동 스캔들〉에서 처음으로 악역에 도전했고, 드라마 〈결혼 못하는 남자〉(KBS2, 2009)에 지진희와 함께 출연하며 전천후 연기자임을 과시했다. 이듬해 개봉한 영화 〈해운대〉에서는 크게 두드러지지 않는 조연급이었으나 영화가 관객 1천만 명을 넘기는 성공을 거둠으로써 영예를 함께 누렸다. 같은 해 나온 스릴러 〈베스트셀러〉(2010)

에서 단독 주연을 맡았고, 이 영화로 춘사영화제 여우주연상을 받았다.

이 시기에 그녀는 케이블 채널 Mnet의 〈슈퍼스타 K2〉 프로그램의 심사위원으로 활동하며 대중과의 접면을 넓혔다. 이때 갑상선암 수술을 받았던 사실을 공개함으로써 주변을 놀라게 했다.

"암 수술을 하면서 신경을 다쳤어요. 성대 한쪽이 마비가 돼서, 수술하고 한 8개월은 말을 못했어요. 당황이 됐죠. 사실 제가 말을 못하고 노래를 못하면 할 수 있는 게 아무것도 없잖아요. 그래서 그 시간이 많이 힘들었던 것 같아요. 겨우 성대를 맞춰 주는 주사를 맞으면서 연명하다가 이제는 주사도 맞지 않고 노래를 연습하면서 이겨냈어요."

그녀는 이후 영화 〈마마〉(2011)의 주연으로 활약했고, 그녀의 캐릭터를 한껏 살린 〈댄싱퀸〉(2012)의 흥행 성공을 이끌어 냈다. 한때 상복이 없다는 소문이 날 정도였던 엄정화는 〈댄싱퀸〉으로 제48회 백상예술대상에서 여자 최우수연기상을 수상했다. 〈몽타주〉(2013)로는 제50회 대종상 여우주연상과 제21회 대한민국문화연예대상 영화 부문 최우수 연기상을 거머쥐었다.

영화 〈관능의 법칙〉(2014), 〈미쓰 와이프〉(2015) 등으로 꾸준히 활약을 펼쳐 온 그녀는 2016년에는 정규 10집 앨범 《더 클라우드 드림 오브 더 나인(구운몽)》을 발매하며 가수로서의 건재를 뽐냈다.

그녀는 배우로서, 또 가수로서 줄곧 스타 자리를 지켜왔건만 아직도 이뤄야 할 게 많다고 생각한다.

"노래와 연기, 둘 다 제가 좋아하는 일이기 때문에 함께 밀고 가고 싶어요. 가수로서는 매년 콘서트를 하지는 못하더라도 끊임없이 새로운 앨범을 내고 싶어요. 연기자로서도 정말 좋은 배우라는 평가를 받고 싶어요."

이런 소망을 갖고 있으니, 연기에서 성취욕이 강한 여성 역할을 할 때 가장 어울린다는 평을 듣는다. 2017년 MBC 드라마 〈당신은 너무합니다〉에서 그녀는 자신의 성공을 위해 미혼모로 낳은 아이를 버린 톱가수 유지나 역할을 했다. 섬뜩할 만큼 완벽하게 캐릭터와 자신을 일치시켰다는 찬사를 얻었다.

그런데 드라마와 달리 그녀는 스캔들을 한 번도 일으키지 않았다. 독실한 신앙을 지닌 기독교인으로서 자신을 철저하게 관리한 덕분이다.

나는 기억하고 있다. 그녀가 이런 말을 했던 것을. "보통 사람들처럼 행복한 가정을 꾸미고 싶기 때문에 뜻밖의 불행한 사고가 없기를 간절히 기도하고 있어요."

꿈꾸던 이가 꿈이 되어

─ 배우 김윤진

아메리카에서는
배역의 마당이 좁았고
한국에서는
발음의 벽이 높았어요
그래도 멈추지 않고
지독하게 꿈을 꿨지요
꿈꾸던 자가
누군가의 꿈이 되어
이렇게 웃기까지
남몰래 흘린 눈물
그 자국을 다 지울 때까지
미국과 한국을 오가며
시간의 공을 쌓을 거예요.

김윤진 (金侖珍, 1973~)

"내가 아는 배우가 아니로구나." 미국 드라마 〈미스트리스Mistresses〉에 나오는 배우 김윤진을 보며 든 생각이다. 김윤진은 여기서 정신과 의사 카렌 킴으로 나오는데, 영어를 쓰는 말투뿐만이 아니라 제스처와 표정이 한국 영화에 나올 때와 판이하다. 한국어를 쓰는 영화에 출연했을 때와 전혀 다른 뇌 회로를 사용하는 것이 분명했다.

잘 알려져 있는 것처럼, 그녀는 서울에서 태어나 만 7세 때인 1980년 가족과 함께 미국으로 이민을 떠나 뉴욕의 스태튼아일랜드에 살았다. 어렸을 때부터 연기에 관심이 있던 그녀는 뉴욕예술고등학교에 진학했다. 스탠튼아일랜드에서 맨해튼에 있는 뉴욕예고까지 매일 왕복 4시간이 걸렸다. 새벽 5시에 일어나서 샤워를 하고 버스를 탄 후 페리를 타고 다시 전철을 타야 했다. 그렇게 해서라도 그 학교에 다니고 싶었다는 게 그녀의 회고다.

보스턴대에 진학해서 연극을 전공했다. 졸업 후 뉴욕 브로드웨이 연극 무대에서 활동을 했으나, 동양인인 그녀에게 주어지는 배역은 한정적이었다. 그 한계를 극복하기 위해 노력하던 중 지인의 소개로 한국에 들어와 MBC 드라마 〈화려한 휴가〉에 출연하게 됐다. 그게 1996년. 그해 9월 30일자 경향신문은 '재미동포 연극인 김윤진 〈화려한 휴가〉로 화려한 고국 무대'라는 제목으로 그녀의 등장을 알렸다. 그러나 실제로는 화려한 데뷔가 아니었다. 발음이나 표정 연기에서 교포 느낌을 다 지우지 못했다는 평을 들었다. 〈예감〉(MBC, 1997), 〈웨딩드레스〉(KBS2, 1997~1998) 등에 잇달아 출연했으나 역시 호평을 얻지는 못했다.

"카메라 앞에서 대사를 하는 것이 너무 힘들었어요. 우리말에 있는 한자어, 예를 들어 '토대'라는 말이 나오면 그게 무슨 뜻인지 정확히 모른 채 연기를 해야 하니…. 나는 한국에서 안 되겠구나, 싶었어요. 그래서 한국말을 지독하게 연습했지요."

그녀가 나를 만났을 때 토로했던 말이다. 그즈음 그녀는 영화 〈하모니〉(2009) 개봉을 앞뒀을 때였다. 국내 데뷔 후 10년을 넘긴 그녀의 한국어 발음은 완벽에 가까웠다. 한국에 평생 살면서 대충 발음을 해 온 사람들보다 훨씬 더 정확한 한국어를 구사했다.

그녀를 국내에서 스타덤에 올린 것은 1998년 작 영화 〈쉬리〉다. 그녀는 북한 특수군단 소속 저격수로 남파된 후 성형 수술을 통해 새롭게 치과 의사로 변신한 여성 이명현을 연기했다. 명현은 남한 주요 인물 암살이라는 목적을 위해 남쪽 요원 유중원(한석규)에게 의도적으로 접근했으나, 그의 진실한 사랑에 마음을 뺏기고 만다. 김윤진은 남과 북의 경계에서 흔들리는 이명현 캐릭터를 훌륭하게 소화함으로써 관객들에게 애틋한 감동을 안기면서 스타 탄생을 알렸다. 이후 〈단적비연수〉(2000), 〈아이언 팜〉(2002), 〈예스터데이〉(2002)에 출연했다. 2002년 작 〈밀애〉에서 위험한 사랑의 게임에 빠져드는 여심을 섬세하게 표현했고, 이 작품으로 그녀는 연기력을 크게 인정받아 청룡영화상 여우주연상을 비롯한 각종 영화상을 수상했다.

딸을 찾기 위해 7일간의 사투를 벌이는 〈세븐데이즈〉(2007) 역시 대종상 여우주연상을 비롯한 각종 영화상을 그녀에게 안겼다. 명실공히 국내 최고 여배우 반열에 오른 그녀는 〈하모니〉(2009), 〈심장이 뛴다〉(2011), 〈이웃사람〉(2012), 〈국제시장〉(2014) 등으로 국내 영화 필모그래피를 쌓아 왔다.

그 중간에 그녀는 미국 드라마에 출연하면서 '월드 스타'라는 타이틀을 얻었다. 2004년 미국 ABC TV 드라마 〈로스트Lost〉에서 권선화 역할로 캐스팅돼 활약했던 것. 한국 출신 배우로는 처음으로 미국의 주요 TV 드라마에서 비중 있는 역할로 활약하여 2010년 종영될 때까지 출연하는 기록을 남겼다. 2013년에는 역시 ABC TV 〈미스트리스〉에 주역 중의 한 사람으로 캐스팅 돼서 2016년까지 출연했다.

김윤진은 미국 드라마에 출연하는 것을 계기로 TV 토크쇼 등에 나와 한국과 한국 영화를 알리는 민간 외교관 역할을 했다. 그녀가 출연한 미국 토크 쇼의 내용이 국내 뉴스에서 크게 다뤄지기도 했다.

그러나 미국 활동을 하느라 국내에서 공백이 생김에 따라 여느 톱배우들과 달리 인지도가 떨어지는 부작용이 나타나고 있다. 국내 영화 〈시간 위의 집〉(2017) 홍보를 하면서 그녀가 "한국에 돌아와 마트에 가면 아무도 알아보지 못하더라."는 말을 한 것은 농담을 겸한 섭섭함의 토로일 것이다.

그럼에도 그녀는 앞으로도 미국과 한국에서의 활동을 병행할 것이라고 했다. 두 나라에서 활동하는 것이 자신을 특별한 존재로 만들어 주고, 무엇보다 배우로서 다양한 캐릭터를 연기할 수 있기 때문이다. 한국어와 영어를 쓰는 두 회로를 번갈아 가동하는 게 뜻있다고 그녀는 보는 것이다. 어느덧 40대를 넘긴 그녀의 활동이 앞으로 한·미 양국에서 어떤 모습으로 나타날지 기대와 염려가 교차한다.

봄날만 품었다고요?

― 배우 김정은

봄날만 품고 사는 것처럼
늘 웃는 비결이 뭐냐고요?
봄 아닌 날들의 독기
저에게도 있어요.
그것들과 홀로 싸울 때마다
저도 괜찮지는 않아요.

그래도 어쩌겠어요.
웃는 얼굴로
부자가 되시라고
자꾸자꾸
기도해 드리고 싶은 걸요.
지상을 축복하시는 그분의 딸임을
자랑하고 싶은걸요.

혼자만 잘사는 돈 부자가 아니라
더불어 겯고 가는 마음 부자
그걸 외쳐 드리는 거지만

어쩌겠어요,
당신이
한쪽만 택하신다고 해도.

북녘의 같은 이름 남동생 때문에
저도 속상할 때가 많지만
어쩌겠어요,
싸움의 독기를 견디고 견디며
당신과 그 동생,
그리고 제가
그분의 품안에 함께 들 날을
기다리는 거지요.

김정은(金諄恩, 1974~)

"북쪽에 계신 분 때문에 제가 힘든 때가 있어요."

김정은이 음악 방송 〈김정은의 초콜릿〉(SBS, 2008~2011)을 진행할 때 이런 농담을 한 적 있다. 자신과 이름이 같은 북한 지도자를 빗대 농담을 구사한 것이다. 그녀는 이처럼 유머 감각이 뛰어날 뿐만 아니라 주변 사람들에게 늘 친절하고 따뜻하고 겸손하다는 평을 듣고 있다. 정상급의 스타로서 스케줄에 엄청나게 쫓길 때도 그런 태도는 여일했다.

그렇게 하려면 스스로는 너무 피곤하지 않을까? 영화 〈식객 : 김치전쟁〉(2009) 개봉 전에 만났을 때 그녀에게 물었다.

"네, 힘든 부분이 분명히 있어요. 제가 친절함을 무기로 삼은 것은 아니고 사람들이 좋아해 주니 몸에 밴 것인데, 문제는 배우로서 지나치게 친절한 것은 관객의 상상력을 막아 버릴 수도 있다는 것이에요. 그것을 이제야 깨달았어요. 사람 관계에서 속으로 괜찮지 않은데 겉으로 괜찮다고 하는 것은 솔직하지 못하고 잘난 척하는 것일 수 있겠다는 생각도 있어요. "

김정은은 이런 말을 하면서도 특유의 서그러운 말투로 눈웃음을 지었다. 얼굴에 선량한 사람이라고 써 있는 듯했다. 그녀를 만나고 난 후 그 상큼한 여운이 아주 오래 지속됐다.

서울에서 태어난 그녀는 어렸을 때부터 미술가의 꿈을 꿨고, 1993년 건국대 공예학과에 들어갔다. 대학 재학 중에 꿈이 바뀌어 1996년 MBC 공채 탤런트 시험을 치렀고, 이에 합격하면서 연기자의 길에 들어섰다. 데뷔 후 드라마 〈별은 내 가슴에〉, 〈의가형제〉 등 화제작에 출연했으나 단역이어서 눈길을 끌지 못했다. 1998년 MBC 드라마 〈해바라기〉에서 삭발 연기로 주목을 받으며 이름을 알리기 시작했다. 이후 〈행진〉(SBS, 1999~2000), 〈당신 때문에〉(MBC, 2000), 〈에어포스〉 (MBC, 2000), 〈여인천하〉(SBS, 2001), 〈아버지와 아들〉(SBS, 2001) 등의 드라마에 출연하여 공력을 쌓았다.

2002년에 나온 코미디 영화 〈가문의 영광〉이 크게 흥행하며 코믹 멜로 연기가 되는 배우라는 찬사를 얻었다. 2004년에 SBS 주말 드라마 〈파리의 연인〉에서 재벌 2세 한기주(박신양)와 사랑을 나누는 평범한 여성 강태영 역으로 나와 여성 시청자의 판타지를 충족시켰다. 그녀는 이 드라마로 SBS 연기대상을 받았다.

이후 〈루루 공주〉(SBS, 2005), 〈연인〉(SBS, 2006~2007), 〈종합병원〉 (MBC, 2008~2009), 〈나는 전설이다〉(SBS, 2010), 〈한반도〉(TV조선, 2012), 〈울랄라 수부〉(KBS2, 2012) 등에 출연했다.

영화 쪽에서도 〈나비〉(2003), 〈불어라 봄바람〉(2003), 〈내 남자의 로맨스〉(2004), 〈사랑니〉(2005), 〈잘살아 보세〉(2006) 등의 필모그래피를 쌓았다. 핸드볼 여자 국가대표팀 이야기를 다룬 2007년 작 스포츠 영화 〈우리 생애 최고의 순간〉은 큰 화제를 불러 모으며 그녀에게도 절정의 기쁨을 안겼다.

밝은 기운의 목소리를 지닌 그녀는 방송 진행자로서도 많은 활동을 했다. 2000년 KBS 라디오 프로그램 〈밤을 잊은 그대에게〉 DJ를 맡아 진행하였고, 2001년에는 SBS 〈한밤의 TV 연예〉의 MC를 맡기도 했다. 앞에서 언급한 〈김정은의 초콜릿〉은 3년이나 진행했다.

그녀는 2016년 3월 미국에서 결혼을 했다. 남편이 이혼한 경력이 있는 남성이라는 사실이 알려지면서 이런저런 추측성 루머가 쏟아졌다. 사실과 다른 악성 루머를 기사로 보도한 매체도 있었다. 이에 대해 소속사 측은 공식 입장 자료를 통해 "두 사람의 행복한 출발 시점에 일방적인 보도에 유감을 표합니다. 결혼은 배우 개인적인 사생활인 만큼 존중해 줘야 된다고 생각합니다."라고 했다. 이에 따르면, "신랑은 지난 2009년 이혼한 후 3~4년이 지나 김정은과 서로 힘든 시기에 만나 의지하며 사랑을 싹 틔우기 시작해 신뢰와 믿음을 바탕으로 2015년 연말 결혼을 약속했다."고 한다.

남녀가 만나 서로의 어려운 사정을 보듬어 가며 사랑을 키워 가는 것. 이처럼 아름다운 일이 세상에 어디 있을까.

나는 김정은이 일각의 몰지각한 행태에 염증을 내고 국내 활동을 접지 않을까 걱정을 했다. 다행히도 그녀는 2017년 OCN 드라마 〈듀얼〉을 통해 브라운관에 복귀했다. 그녀는 이 스릴러 드라마에서 악역을 맡았다. 자신의 욕망을 위해 사건을 조작하는 강력부 검사를 연기했다. 그녀는 제작 보고회에서 "안 해봤던 거라 도전했는데 냉철하고 잔인한 캐릭터가 내 성향과 맞지 않아 힘들다. 난 매사에 일희일비하고, 나뭇잎처럼 가볍다."고 웃었다. 그 웃음을 보니, 내 마음도 한결 가벼워졌다.

"결혼하고 나면 배우의 삶이 달라지지 않을까 생각했는데 특별히 달라진 점은 없습니다. 현장에선 캐릭터로, 집에선 김정은으로 삽니다."

그녀는 알았다

─ 배우 하지원

무구한 소년처럼
눈이 반짝반짝 빛나는 그녀는
작은 농담에도 크게 웃을 줄 알았다

나이 들지 않는 약을 먹느냐는 인사에
고개를 가로저으면서도
웃음으로 고마워할 줄을,

호러에서 코미디로, 멜로에서 사극으로
전방위로 넓어지는 게
꼭 깊어지는 게 아님을 알았다

여기서 멈추지 않고
더 익어야 할 의무가
배우에게 있다는 것을,

따스한 가슴을 가져야
다른 이의 인생을
담을 수 있다는 것을 알았다.

하지원(河智苑, 본명 전해림, 1978~)

하지원을 보면, '노력형 천재'라는 모순된 표현이 생각난다. 어떤 캐릭터든 소화해 내는 연기력은 타고난 재주라고밖에 할 수 없다. 그런데 그 캐릭터를 위해 그가 바치는 노력은 주변 사람들이 항상 놀랄 정도라고 한다.

영화 〈해운대〉(2009) 개봉 때 그녀를 만났다. 실제로 보니 화면에서보다 무척 가냘팠다. 키도 큰 편이 아니어서 예쁜 소년 같은 느낌이 있었다.

그녀는 인터뷰 중간에 들어서자 자주 웃음을 터트렸다. 웃을 때마다 눈빛이 반짝반짝 빛나는 것이 참 영리해 보였다.

〈해운대〉에서 그녀는 노점을 하는 아가씨 연희 역을 맡았기 때문에 부산 사투리를 썼다. 서울 태생인 그녀로서는 쉽지 않았을 텐데, 발성이 대단히 좋았다. 마치 연극 무대에서 오랫동안 발성 연습을 한 배우 같았다. 하지원은 이렇게 설명했다.

"성악하는 분들에게, 또 뮤지컬하는 선생님들에게 틈틈이 발성을 배웠어요. 영화 촬영이 없을 때에는 저 나름대로 무언가를 배워요. 영화 〈형사〉를 할 때는 발음, 소리 던지기만 연습했어요. 작품을 준비할 때 저 혼자 훈련을 해요. 다른 배우에 비해서 훌륭하지 않다는 걸 알기 때문에 열심히 배워요."

하지원과 호흡을 맞춘 배우들이 그녀에 대해 지독한 연습 벌레라고 하는 까닭을 알 것 같았다. 그녀는 스스로 농반진반으로 액션에 단련된 몸이라고 했다. 운동을 좋아해서 매일 꾸준히 한다는 것이다. 남이 알아보지 못하게 모자를 눌러쓰고 한강변을 밤에 달린 적도 있다고 했다.

알려진 것처럼, 하지원河智苑은 예명이다. 본명은 전해림全海琳. 첫 소속사 대표가 자신의 첫사랑 이름을 써 달라며 부탁해서 예명을 쓰게 됐다고 그녀가 설명한 적이 있다.

그녀는 충남 보령에서 태어나 서울 성동구와 경기 수원시에서 성장기를 보냈다.

이른바 끼 많은 아이들과 달리 그녀는 초등학생 시절에 모범생이었다. 방송국 쇼프로그램 등에서 찾아낸 그녀의 생활기록부엔 '착하고 예의 바르며 규칙을 잘 지키고 성실한 모범적인 어린이'라고 적혀 있다. 타인에 대한 이해와 배려. 이는 그녀가 배우 생활을 하면서도 지켜 온 덕목이다. 많은 동료들이 그녀를 함께 일하고 싶은 사람으로 꼽는 이유이기도 하다.

고3 때 동네 사진관에 걸려 있는 하지원의 사진을 본 기획사 매니저가 연락을 한 것이 배우 입문의 계기가 됐다. 1996년 청소년 드라마 〈신세대 보고서 어른들은 몰라요〉로 데뷔했다. 〈학교 2〉(KBS2, 1999~2000)와 〈비밀〉(MBC, 2000)에 잇달아 출연하며 신인 탄생을 알렸고, 영화 〈진실게임〉(2000)으로 스크린에 첫 선을 보였다.

안병기 감독의 공포 영화 〈가위〉(2000)와 〈폰〉(2002)에 주연으로 출연해 관객들에게 오싹한 느낌을 한가득 안김으로써 호러퀸이라는 별칭을 얻었다. 임창정과 함께 연기한 〈색즉시공〉(2002)에서는 섹시하면서도 상큼한 이미지를 보여 줌으로써 다채로운 변신이 가능한 배우라는 것을 입증했다.

이후 브라운관으로 활동 무대를 옮겨 사극 〈다모〉로 2003년 MBC 연기대상 최우수상과 인기상을 받았다. 이듬해 〈발리에서 생긴 일〉로 SBS 연기대상 최우수 연기상과 백상예술대상 TV부문 여자최우수연기상 등을 수상했다.

이명세 감독의 영화 〈형사 Duelist〉(2005)에서 춤사위 같은 액션부터 애절한 사랑 표현까지 공력 높은 연기를 선보였다. 2006년엔 드라마로 돌아와 〈황진이〉의 높은 시청률을 이끌어 냈다.

다시 영화 쪽에서 〈1번가의 기적〉(2007), 〈바보〉(2008), 〈해운대〉(2009), 〈내 사랑 내 곁에〉(2009) 등의 필모그래피를 쌓는가 하면, 드라마 〈시크릿 가든〉(SBS, 2010~2011)의 길라임 역으로 SBS 연기대상 최우수 연기상과 10대 스타상 등을 수상했다. 그녀는 MBC 드라마도 좀 돌봐야 한다는 듯이 〈더킹 투하츠〉(2012), 〈기황후〉(2013~2014) 등에서 열연했고, 2013년 MBC 연기대상에서 대상의 영예를 안았다.

근년에 그녀가 출연한 영화, 즉 〈7광구〉(2011), 〈코리아〉(2012), 〈조선미녀삼총사〉(2013), 〈허삼관〉(2014), 〈목숨 건 연애〉(2016) 등은 흥행 대박을 터트리지 못했다. 드라마 〈너를 사랑한 시간〉(SBS, 2015)의 시청률도 높지 않았다. 하지만 다양한 캐릭터를 자유자재로 소화함으로써 팔색조의 명성을 새삼 확인시켜줬다.

하지원은 2017년 MBC 수목드라마 〈병원선〉에 승선했다. 이 드라마는 의료 인프라가 부족한 외딴 섬에서 배를 타고 의료 활동을 펼치는 의사들의 이야기다. 하지원은 동네 주민들과 좌충우돌 갈등을 빚는 실력파 외과의사 송은재 역을 맡았다. 데뷔 이후 처음으로 의사 캐릭터로 변신한 것이지만, 그녀는 능숙하게 해낼 것이다. 물속에서 열심히 발을 젓는 백조처럼.

나는 하지원이 40대 이후에 배우 생활을 이전보다 더 멋지게 해 내리라 믿는다. 나이 들어서 훨씬 깊어지고 넓어진 메릴 스트립 같은 배우가 돼 세계에 한국을 대표하는 인물이 될 것이라 생각한다.

하지원은 연기 이외에 주목받는 경우가 별로 없었다. 특별한 스캔들이 없었기 때문이다. 그녀가 연기 바깥의 세상에서 뉴스가 되는 적이 있는데, 그것은 남모르게 어려운 이웃을 돕는 일을 하는 것이 드러날 때다. 이에 대해 그녀는 내게 이렇게 말했다.

"선행해야겠다고 해서 하는 건 아니고 오래된 팬 분들과 마음이 잘 맞았기 때문이에요. 제가 누구를 돕고 좋은 일을 하면 팬 분들이 같이 해주고, 팬 분들이 하셔서 제가 따라 하기도 하고요. 으샤으샤, 잘 맞아요. 저는 알려진 사람이니까, 그런 모습 보여 주는 것도 중요한 것 같아요. 쌓이니까 되게 좋더라고요. 앞으로도 좋은 일 많이 해야죠."

비와 바람과 눈빛

— 배우 수애

장미 가시에 찔린 것처럼
신음을 흘렸던 것이로구나.
그녀의 환한 얼굴 뒤에
그늘이 숨었다고
가시 돋친 소문을 낸 것은,

그해 여름
장미가 견뎌야 했던
비와 바람의 날들을
떠올리지 못했구나,
오직 햇살과
향기만을 탐하였구나.

아버지의 가난을 떠올리다가
눈물을 흘렸던 그녀,
허구의 옛 시간으로
불꽃처럼 나비처럼 날아가다가도
비와 바람을 맞는 사람에게

향하던 눈빛이

어느 먼 곳에서 흐르는
사랑 같은 것들을 끌어와
젊음을 새긴 천일의 약속
그날의 기억을
어루만지는구나.

몸짓으로 유혹하는
아테나의 여신이거나
국가대표라는 허랑한 이름까지도
그 눈빛을 받아
마침내 환해지는구나.

수애(본명 박수애, 1979~)

배우 수애는 단아한 동양적 미인이라는 이미지를 갖고 있다. 그래서일까, 남성 팬들이 유독 많다.

지난 2009년 그녀를 만났을 때 설레었던 기억이 난다. 영화 기자로서보다는 팬으로서의 사심私心이 들어갔던 듯싶다.

그녀는 다소 긴장한 모습이었다. "영화를 찍을 때는 무척 즐거웠는데, 지금은 솔직히 떨려요. 열심히 찍은 만큼 관객들이 좋아해 주서야 할 텐데…. 마치 숙제 검사 받는 기분이에요."

그녀는 당시 영화 〈불꽃처럼 나비처럼〉의 홍보 일정을 혼자 소화하는 강행군을 하고 있었다. 남자 주인공 역할을 한 배우 조승우가 군 복무중인 탓이었다.

이날 인터뷰는 중간 이후로 갈수록 좀 삐걱거리는 느낌이었다. 학업 이야기를 할 때 그녀는 예민하게 반응했다. 그녀는 그해에 사이버한국외국어대에 입학했다. 경기여자상업고등학교를 나온 후 바로 사회생활을 한 그녀가 외국어 공부를 시작한 것에 대해 나는 칭찬해 주고 싶었다. 그녀는 표정을 다소 굳히며 그 이야기를 피하고 싶어 했다. 학력 문제를 언급하는 것으로 받아들이는 듯싶었다.

인터뷰가 끝나고 사진 촬영을 할 때 그녀는 짜증스러운 기색을 내비쳤다. 영화 홍보에 나선 배우로서는 이례적인 일이었다. 사진기자가 요구하는 포즈에 마지못해 응하는 게 몸짓에서 확 드러났다.

그녀에 대한 호감이 그로 인해 무너져 버렸다. 그날 이후로 어떤 자리에서 그녀 이름이 언급되면, 괴까다로운 성격으로 보이더라는 식으로 말하곤 했다.

시간이 지나고 나서 돌이켜보니, 그녀가 그날 특별하게 잘못했던 것은 아니었다. 워낙 피곤한 일정에 시달리다 보니 그게 몸짓과 표정에 드러났을 뿐이었다. 그러면 인터뷰와 사진 촬영을 속전속결로 진행했어야 했다. 그렇게 해주지는 않은 채 그녀가 서그럽게 굴지 않은 것에만 섭섭함을 느꼈던 것이다. 자신의 호감에 대해 응답을 받지 못한 자의 사감이 지나쳤던 게 아닌가 싶다.

서울에서 태어난 수애는 1998년 고교를 졸업하고, 이듬해 드라마 〈학교2〉로 데뷔했다. 인터넷 등에 떠 있는 일부 프로필 기록은 그녀의 데뷔가 2002년 MBC 베스트극장 〈첫사랑〉이라고 기록하고 있다. 보기 나름이겠으나, 그녀가 브라운관에 첫 등장한 것은 〈학교2〉에서 불량 학생 역할을 한 것이었다. 일진 멤버로서 다른 학생에게 빵을 사 오라고 시키는 역을 천연덕스럽게 해 냈다.

2002년 MBC 주말연속극 〈맹가네 전성시대〉에서 이재룡을 짝사랑하는 여인 역을 맡으며 주목을 받기 시작했다. 2003년 MBC 월화드라마 〈러브레터〉에서 두 남자 이우진(조현재)과 정우진(지진희) 사이에서 삼각관계를 겪는 여의사 역을 맡으면서 일약 주연급 배우로 떠올랐다.

2004년 배우 주현과 함께 나온 〈가족〉으로 영화계에 데뷔했고, KBS2 TV의 대하 드라마 〈해신〉에서 주연을 맡아 대세 배우임을 입증했다.

2005년 영화 〈나의 결혼 원정기〉에서 탈북자 출신의 통역관을 연기했고, 2006년 〈그해 여름〉에서 이병헌과 호흡을 맞춰 청순한 매력을 보여줬다. 아릿한 첫사랑의 기억을 주제로 한 〈그해 여름〉은 일부 평자에 의해 감상이 지나치다는 비판을 받기도 했다. 그러나 나는 이 작품이 첫사랑을 다룬 영화 중에서 손가락에 꼽힐 만한 수작이라고 생각한다. 우리 현대사의 비극이 후대에게 그림자를 드리우는 내용이 작위적인 구석이 있지만, 청춘 시기의 사랑을 이토록 아름다우면서도 애절한 풍경의 서정으로 그려낸 작품은 드물다. 이병헌과 수애의 연기도 압권이다.

수애는 이후 드라마 〈9회말 2아웃〉(MBC, 2007), 영화 〈님은 먼 곳에〉(2008), 드라마 〈아테나 : 전쟁의 여신〉(KBS, 2010~2011), 영화 〈심야의 FM〉(2010) 등으로 브라운과 스크린을 넘나들었다. 연기 영역도 크게 넓어졌다.

2011년에 방영된 SBS 드라마 〈천일의 약속〉은 수애라는 배우의 저력이 얼마큼인지를 보여 준 명품이었다. 그녀는 이 드라마에서 알츠하이머병에 걸려 점차 기억을 잃어 가는 서른 살의 작가 이서연 역을 맡았다. 수애는 극 초반에 다소 긴장돼 보인다는 평가를 받았으나 회를 거듭할수록 다채로운 매력을 발산하며 시청자를 사로잡았다. 그녀는 극 중 서연이 알츠하이머 진단을 받고 혼란에 빠진 대목에서 폭발적인 연기력을 과시했다. 목욕탕에서 양치질을 하며 사물의 이름을 하나하나 되새기다가 울분에 찬 얼굴로 "엿 먹어라, 알츠하이머!"라고 외치는 부분은 전율을 느끼게 할 정도였다.

수애는 이후에도 드라마와 영화를 오가며 자신의 필모그래피를 쌓고 있다. 〈야왕〉(SBS, 2013), 〈가면〉(SBS, 2015), 〈우리집에 사는 남자〉(KBS2, 2016) 등이 브라운관 쪽이고, 〈감기〉(2013), 〈국가대표 2〉(2016) 등이 스크린 쪽이다.

언급하기 저어되는 이야기지만, 수애가 청소년기까지 어려운 가정 형편 탓에 고통을 겪었다는 것은 배우로서는 자산이다. 그녀는 한 TV 쇼 프로그램에 출연했다가 어린 시절의 가정 형편과 가족 이야기를 하던 중에 눈시울을 붉힌 적이 있다.

"창피한 것은 아닌데, 저도 모르게 눈물이 나왔어요. 녹화 끝난 후 참 속상했어요. 그런데 결과적으로는, 제 삶에서 위축돼 있던 것을 드러냄으로써 그것이 해소된 느낌을 받았어요. 다행히 가족들도 방송을 보며 좋아해 줬고요."

세상 사람들의 삶에 그늘이 있음을 어렸을 때부터 알았다는 것은, 앞으로 그가 오랫동안 연기를 하는 데 자양분이 될 것이다. 또한 한 사람의 자연인으로 살아가는 데도 넉넉한 시야를 제공해 줄 것이라고 믿는다. 그녀가 조용하지만 꾸준하게 선행을 베푸는 것을 보며 이 믿음이 뚜렷해진다.

3부 푸른

그대 여름 정원의
푸르름이
내 시간도 물들인다

언제나 배우였다

— 배우 전지현

어느 평론가는 선심을 쓴답시고
그녀가 이제 배우가 되었다고 한다.
열아홉 살 때부터 관객의 마음을 훔쳐 왔는데
삼십대 중반에서야 연기의 도둑이 됐다니.
엽기적인 발언이시다.

단 한 순간도 배우가 아닌 적은 없다.
S라인 몸매로 낭창낭창 허리를 흔들며
광고 전선에 나섰을 때도,
극 바깥에서 부풀어 오른 루머 때문에
극 안으로 돌아가지 못할 때도,

주저앉지 않았다.
영어와 일어 연기에 도전했고,
외국 스태프들에게 둘러싸여
양처럼 떨면서도
와이어를 타며 검을 휘둘렀다.

그녀는 물었다.
그걸 아세요?
새파랗게 젊은 여자가 와이어에 매달려
흔들릴 때의 불안을.
배우라는 자존심 때문에
견뎌야 했던 외로움을.

별에서 온 그대가 환상인 줄 모르는 양
암살 지령이 역사 속 유언인 줄 모르는 양
온 마음을 던져서
스스로 속았다.
반은 사람이고 반은 물고기인
푸른 바다의 전설 인어처럼
환상과 현실을 오가며,

그녀는 언제나 배우였다.

전지현(全智賢, 본명 왕지현, 1978~)

전지현은 지금까지 두 편의 해외 영화에 출연했다. 2009년에 개봉한 〈블러드〉와 2011년 작 〈설화와 비밀의 부채〉가 바로 그것이다. 일본, 홍콩, 프랑스 합작 영화 〈블러드〉는 80만 달러를 벌어들였다. 중국, 미국 합작 영화 〈설화와 비밀의 부채〉는 1천100만 달러의 수익을 거뒀다. 둘 다 흥행 실패였다. 그러나 외국 합작 영화에 국내 여배우가 출연했다는 것, 휴 잭맨 등 세계적 배우들과 호흡을 맞췄다는 것 등은 한국 영화의 자산으로 남을 것임에 틀림없다.

나는 이러한 자산이 전지현의 도전 정신이 낳은 개가라고 생각한다. 〈블러드〉 개봉 전 만났을 때 그녀는 이렇게 말했다.

"흥행이 기대에 못 미치더라도 해외 진출의 첫발을 내디딘 것은 참 소중히 간직할 거예요. 이제 길을 알았으니, 계속 도전해야죠. 국내의 다른 배우들도 함께 노력해 나갔으면 해요."

그녀는 30대 중반에 이르러 연기력 논란에 종지부를 찍었다. 그동안 그녀의 연기에 대해 이러쿵저러쿵 말을 해 대던 호사가들이 입을 다물었다. 끊임없이 새로운 역할에 도전하며 쌓아 올린 그녀의 공력이 빛을 발하고 있기 때문이다.

서울에서 태어난 그녀의 본명은 왕지현王智賢. 1998년 그녀가 출연했던 SBS의 〈내 마음을 뺏어봐〉를 연출한 오종록 PD가 왕王에 삿갓을 씌운 전숓이 좋다며 전지현이란 예명을 지어 줬다고 한다.

그녀는 만 18세이던 1997년 하이틴 잡지 표지 모델을 통해서 연예계에 등장했다. 이 잡지를 본 정훈탁 싸이더스HQ 대표가 그녀를 발탁해 연기 수업을 시켰다고 한다. 〈SBS 인기가요〉 MC로 방송에 처음 나왔고, 〈내 마음을 뺏어봐〉로 드라마에 데뷔한 후 〈해피투게더〉(SBS, 1999)에 잇달아 출연했다. 방송사 연말 연기대상에서 신인연기자상을 받으며 나름대로 인정을 받았으나 시청자들은 조연급인 그녀에게 크게 주목하지 않았다.

그녀가 대중에게 이름 석자를 각인시킨 것은 역시 CF에서였다. 청순하면서도 상큼한 느낌을 주는 얼굴과 찰랑거리는 긴 생머리를 지닌 소녀가 굴곡이 선명한 S라인 몸매로 낭창낭창 허리를 흔들자 시청자들은 신선한 충격과 매력을 느꼈다. 이후 10년 넘게 전지현은 CF 퀸으로 부동의 자리를 지켜왔다.

1999년 영화 〈화이트 발렌타인〉에 박신양과 함께 출연하며 스크린에 등장했고, 이 작품으로 백상예술대상 신인연기상을 수상했다. 이듬해엔 〈시월애〉에서 이정재와 호흡을 맞췄다.

영화와 함께 각종 뮤직비디오에 출연하며 얼굴을 알려 가던 그녀가 한류 스타로 크게 떠오른 것은 2001년 작 〈엽기적인 그녀〉에서다. 488만 명의 관객을 동원한 이 영화는 당시 국내 로맨틱 코미디 영화의 흥행 기록을 세웠다.

이후 영화 〈4인용 식탁〉(2003), 〈내 여자 친구를 소개합니다〉(2004)에 이어 홍콩 리우웨이창劉偉强 감독이 연출한 〈데이지〉(2006)에 출연했다. 그녀는 각 작품마다 연기 변신을 시도했으나, 이들 영화들은 흥행에 실패했다. 이로 인해 연기력에 대한 입방아까지 나돌았다.

설상가상으로 2008년에는 소속사의 휴대전화 복제 사건까지 터져 그녀의 연기 생명이 끝나는 것 아니냐는 성급한 추측마저 나돌았다. 하지만 그녀는 주저앉지 않았고, 해외 영화에 도전하며 값진 경험을 축적했다.

전지현은 2012년 영화 〈도둑들〉에서 줄타기 전문 도둑인 예니콜 역을 맡아 재기에 성공했다는 평을 들었다. 최동훈 감독이 연출한 이 영화는 1,298만 명의 관객을 동원하며 당시 한국 영화 흥행 기록을 바꿨다.

이듬해 나온 영화 〈베를린〉은 전지현이 한국 영화의 보석이라는 것을 새삼 알려 줬다. 그녀는 여세를 몰아 SBS 드라마 〈별에서 온 그대〉로 한 방을 터트렸다. 후배 김수현과 함께 호흡을 맞춘 이 드라마는 대박 시청률과 함께 백상예술대상 TV대상을 안겼다. 일제 강점기를 배경으로 한 액션 영화 〈암살〉(2015)과 판타지 드라마 〈푸른 바다의 전설〉(2016)에서 그녀는 역시 이름값을 한다는 평을 들었다.

드라마와 영화에서 명실상부한 퀸으로 자리하게 된 것이 그녀의 결혼과 시기를 함께 한다는 것이 흥미롭다. 전지현은 2011년 12월 한복 디자이너 이영희의 외손자이자 미국계 은행 뱅커인 이정우와 열애 사실을 밝혔다. 이듬해 4월 결혼식을 올렸다.

그녀는 결혼한 후 제2의 전성기를 연 여배우의 귀한 사례다. 전지현이 앞으로 이 길을 굳건히 지켜 주기를 바란다. 그 자신을 위해서나, 후배 여배우들을 위해서나.

불안이 그림을 그려요

— 화가 배우 강예원

노래를 부르는 성악과에 갔더니
성대 결절이 오고
연기를 하는 배우를 원했더니
누드모델처럼 여기니
거기서 도망치는 것도 용기였다.

스스로 공백의 시간을 만들고
기어이 몸을 일으켜 당도한 1번가,
그곳을 지나서 만난 해운대,
그 불꽃에 취하지 않고
스크린에만 몰두하고 싶었는데,

불안이,
그 어두운 불안이
브라운관의 환호로 이끌었다.
이름이 뜨는 것의 거품을 알건만
그 환호에 기꺼이 춤을 췄다.

그녀가 그리는 그림도
혼자 추는 춤.
어둠을 다 칠해도 밝음이 가시지 않고
밝음을 다 누려도 어둠이 기습하지 않는
색채의 세상에서 추는 춤.

불안이 끌고 간 환호와
환호가 낳는 불안을
그림으로 보듬고,
당신 곁에 오래 있고 싶어
혼자 춤을 추는 그녀가
보이시나요.

강예원(姜藝媛, 본명 김지은, 1980~)

"예능 프로그램 섭외가 자주 들어오지만, 아직은 잘할 자신이 없어요. 우선은 제가 출연하는 영화의 캐릭터에 잘 녹아들어서 관객들의 몰입을 이끌어 낼 수 있었으면 좋겠어요."

몇 년 전 만났을 때, 강예원은 이렇게 말했다. 배우로서의 태도를 다지는 그녀의 말이 백 번 옳았기에 고개를 끄덕거릴 수밖에 없었다. 그러면서도 조금 걱정이 되긴 했다. 여러 작품에서 주연을 한 배우인데도 대중의 인지도가 크게 높지 않았기 때문이다.

기우였다. 그녀는 예능 프로그램에 진출해 다재다능한 끼를 분출하고 있다. 〈MBC 일밤―진짜 사나이 여군특집2〉(2015)에서 엉뚱하고도 발랄한 매력을 과시하더니 〈우리 결혼했어요〉(2015)에서 배우 오민석과 환상적인 케미를 자랑했다.

2017년에는 〈언니들의 슬램덩크 2〉에서 걸그룹 '언니쓰' 멤버로 활약했다. 이 프로그램에서 그녀는 노래와 춤의 트라우마를 이겨 내는 과정을 보여 주며 웃음과 감동을 함께 안겼다. 그녀는 성악을 전공했으나 성대 결절을 겪은 후 노래에 대한 두려움을 떨치지 못했다. 그녀는 프로그램을 통해 상처를 치유하기에 나섰고, 마지막 촬영 때는 대학 축제 무대에서 노래 솔로 공연을 성공적으로 펼치는 장면을 선사했다.

그녀가 밝힌 바에 따르면, 중학교 때 공부를 잘한 편이어서 경기 분당의 명문인 서현고에 시험을 봐서 들어갔다. 그러나 고교에서의 성적이 바닥권이어서 내신을 포기하고 실기에 힘을 쏟아 한양대 성악과에 입학했다.

그녀는 2000년 〈카르멘〉에서 주역을 하며 뮤지컬 배우로 데뷔했으나, 성대 결절을 겪으며 노래와 결별한다. 2001년 SBS 시트콤 〈허니허니〉를 통해 연기자로 등장한 후 영화 〈중독〉, 〈마법의 성〉에 출연하면서 주목받았다. 특히 당시 청춘 스타였던 구본승과 함께 나온 〈마법의 성〉에서 파격적인 베드신을 선보이며 글래머 여배우로 화제가 되기도 했다. 그러나 흥행 실패로 인해 그녀는 공백 기간을 가져야 했다. 가슴 큰 여배우라는 소문이 나며 이른바 에로물에서만 섭외가 들어오는 것도 영화계를 떠나는 이유가 됐다.

대중이 이름을 거의 잊었을 무렵에 그녀는 돌아왔다. 본명 김지은 대신에 강예원이라는 예명을 들고 복귀 선언을 했다. 이전과 다른 이미지의 연기자로 거듭나겠다는 의지를 알 수 있는 대목이다.

그녀는 2007년 윤제균 감독이 연출한 영화 〈1번가의 기적〉에 출연했고, 제목처럼 기적적으로 재기에 성공했다. 역시 윤 감독이 연출하고 관객 1천만 명을 넘긴 〈해운대〉(2009)에서 희미 역으로 나오며 이름을 본격적으로 알리기 시작했다.

이어 〈하모니〉(2009), 〈헬로우 고스트〉(2010) 등이 잇달아 흥행에 성공을 거두며 뭘 해도 되는 배우라는 이미지를 심었다. 그 즈음에 그녀를 만나면 생동하는 기운을 느낄 수 있었다.

"오랜 공백 기간의 힘든 시절을 생각하니 요즘처럼 제가 행복해도 되는지 걱정스러울 정도예요. 더 열심히 해야 하겠다는 생각을 하지요."

나는 고개를 크게 주억거렸다. 깊은 어둠을 겪고 그 속에서 고독하게 자신을 일으켜 세운 그녀가 세상의 환한 빛깔을 한껏 누릴 자격이 있다고 생각했다.

강예원은 〈퀵〉(2011), 〈점쟁이들〉(2012), 〈조선미녀삼총사〉(2014), 〈내 연애의 기억〉(2014), 〈연애의 맛〉(2015), 〈날 보러와요〉(2016), 〈트릭〉(2016), 〈비정규직 특수 요원〉(2017) 등으로 바쁘게 영화 필모그래피를 쌓았다. 드라마에도 얼굴을 비쳐 〈천 번째 남자〉(MBC, 2012)를 시작으로 〈나쁜 녀석들〉(OCN, 2014), 〈백희가 돌아왔다〉(KBS2, 2016)에서 자신의 매력을 뽐냈다. 2017년 여름에 방영된 MBC 드라마 〈죽어야 사는 남자〉에서는 잡초처럼 생명력 있는 여주인공 캐릭터를 유쾌하게 그려 냈다.

그녀는 재기에 성공한 후 연기에 대한 불안감에서 좀 더 자유로워졌다고 했다. "예전과 달라진 게 있다면, 일하는 것을 즐겁고 기쁘게 받아들인다는 거예요. 어려운 시절의 경험이 저를 배우로서 뿐만 아니라 인간으로서 좀 더 성장시켰다고 봐요."

그녀가 그림을 그린다는 것은 꽤 알려져 있다. 수차례 개인전을 열기도 했다. 2000년에 미국 뉴욕에서 살바도르 달리의 전시회를 보고난 후 그림에 대한 욕구가 생겼다는 게 그녀의 설명이다. 색을 칠하다 보면 스트레스가 치유되지 않을까 하는 생각이 들었다고 한다.

나는 그녀의 화실에 가서 그림을 본 적이 있다. 다소 어두운 톤의 그림들은 불안을 딛고 앞으로 나아가려는 내면의 의지 같은 것을 담고 있는 것으로 보였다. 실제로 그녀는 "그림을 그리고 있으면 불안이 달아나요."라고 말하며 웃었다.

그녀의 웃음을 보니 처음 만났던 때가 떠올랐다. 〈해운대〉가 흥행 대박을 터트린 직후였다. 그녀는 일일기자 체험을 하기 위해 신문사에 왔다. 〈해운대〉의 희미처럼 발랄해 보이는 그녀는 편집회의에서 엉뚱한 질문을 해서 딱딱한 분위기를 누그러트렸다. 새벽의 경찰서에서 낮의 청와대까지 각종 취재 현장을 뛰어다니느라 발뒤꿈치가 까졌음에도 즐거워 죽겠다는 표정이었다. 하루 동안 취재한 내용을 깨알 같은 글씨로 적은 것이 작은 수첩 한 권 가까이 됐다. 맡은 일에 최선을 다하려는 그녀의 성실성을 충분히 느낄 수 있었다.

그때 이후로 그녀를 떠올리면 기도하는 심정이 된다. 재기의 초심과 성실성을 지켜서 꼭 롱런하기를!

눈을 비비고 다시 본다

— 가수 겸 배우 성유리

이른 봄의 정원에서
막 꽃망울을 내민 핑클,
그 춤과 노래로
세상이 환해졌지.

그대는 모르겠다고 했다.
18세에 가수로 나왔을 때
꽃망울을 터트리기 직전의
근질근질함을 느껴보지 못했다고.

FIN.K.L
FINE KILLING LIBERTY
자유를 억압하는 것을 깨자, 그랬는데
스스로는 갇혀 있었던 같다고.

잘해야 하겠다는 생각으로
여기까지 왔는데,
난 뭔가요,

남들은 푸른 여름물인데요.

이렇게 묻는
그대 어깨를 두드려 주니
툭
눈물을 떨어트렸지.

그런 나날의 아픔이 모여서
연기의 속살을 익혔을까,
요즘 브라운관에서 만날 때마다
눈을 비비고 다시 본다.

그대 정원의 여름은
앞으로 얼마나 성해질까,
가을이 오면
또 얼마나 색색으로 아름다울까.

성유리(成宥利, 1981~)

성유리를 만난 것은 그녀가 스크린에 데뷔할 때였다. 브라운관에서는 이미 7개의 드라마 주연으로 활약한 후였다. 그럼에도 그녀는 잔뜩 긴장한 모습이었다. 그즈음 연기력 논란에 휩싸여 있었던 탓이었다.

"자존심이 상해서 가까운 사람에게도 이야기를 하지 않았으나, 연기를 잘하려고 노력조차 하지 않는다는 비난은 억울했습니다."

그녀는 스크린 데뷔작 〈토끼와 리저드〉(2009)에 노 개런티로 출연했다. 유럽의 한국인 입양아 이야기를 다룬 내용에 공감했기 때문이었다. 새 영역인 스크린에 도전함으로써 연기에 대한 자신의 자세를 가다듬고 싶어서였기도 했을 것이다.

당시 만 28세였던 그녀는 기로에 서 있는 것으로 보였다. 연예계에서 10년 이상 톱스타로 활동하며 기쁨과 보람을 느낀 만큼 그 반대쪽의 감정도 커졌다고 했다. 고교생 때 가수로 데뷔해 친구들에 비해 일찍 사회생활에 적응하느라고 스스로의 심성이 각박해져 간다는 서글픔이 있다고 털어났다.

진솔하게 자신의 속내를 이야기하는 그녀에게 말해 줬다. '스타에서 배우'가 된 그녀 선배들의 사례를. 그들이 명성에 가려졌던 자신들의 껍질을 깨고 부단한 노력 끝에 진짜 연기자로 거듭났던 과정을. 그대도 지금처럼 힘껏 애쓴다면 꼭 그렇게 알을 깨고 나올 수 있을 것이라고.

그러자 그녀가 눈물을 흘렸다. 뜻밖이었지만, 그 이유를 충분히 헤아릴 수 있었다. 눈물을 닦고 바로 감정을 추스르며 환하게 웃는 그녀의 모습이 아름다웠다.

성유리는 독일 바덴뷔르템베르크 튀빙겐 태생이다. 거기서 신학을 공부했던 아버지와 유학생 간호사였던 어머니 사이에서 1남 1녀 중 막내로 태어났다. 4세 때 가족과 함께 귀국했고, 고교생이던 17세 때 길거리 캐스팅으로 연예계 생활을 시작했다.

1998년 여성 4인조 그룹 핑클Fin.K.L ; Fine Killing Liberty의 멤버로 가요계에 데뷔했다. 이효리, 옥주현, 이진과 함께 데뷔곡 〈Blue Rain〉을 시작으로 〈내 남자친구에게〉, 〈루비〉, 〈영원한 사랑〉, 〈White〉, 〈NOW〉, 〈영원〉 등 다수의 히트곡을 냈다. 핑클은 댄스와 발라드곡을 고르게 선보였으며, 예능 프로그램과 광고계에서도 블루칩으로 활약했다. 성유리는 핑클에서 두드러지는 않았으나 깨끗하면서도 영리한 이미지로 사랑을 받았다. 4장의 정식 앨범과 두 장의 스페셜 앨범을 냈던 핑클은 2002년에 공식 해체 선언은 하지 않은 채 개인 활동으로 들어갔다.

이에 따라 성유리는 배우의 길에 나섰다. 2002년 SBS 드라마 〈나쁜 여자들〉에서 박솔미, 김혜리 등과 함께 커리어우먼 삼총사로 나왔고, 같은 해 MBC 〈막상막하〉에서 군인 역할을 했다.

2003년 SBS 〈천년지애〉에서 주인공 부여주 역을 하며 주연급으로 일찍 자리매김했다. 이후 〈황태자의 첫사랑〉(MBC, 2004), 〈어느 멋진 날〉(MBC, 2006), 〈눈의 여왕〉(KBS2, 2006)에 출연했다. 2008년 〈쾌도 홍길동〉에서 귀여운 왈패 여성인 허이녹 역을 맡아 보이시한 매력을 발산했다. 2009년 SBS 〈태양을 삼켜라〉에서는 순수하면서도 생활력이 강한 이수현 역을 소화했다.

그녀가 주목을 받을수록 안티 목소리도 커졌다. 핑클 때의 인기에 힘입어 일약 주역으로 발탁됐으나 그만큼 연기력이 뒷받침되지 않는다는 지적이었다.

이런 논란을 딛고 그녀는 브라운과 스크린을 넘나들며 꾸준히 내공을 쌓아 나갔다. 드라마 〈로맨스 타운〉(KBS2, 2011), 〈신들의 만찬〉(MBC, 2012), 〈출생의 비밀〉(SBS, 2013), 〈몬스터〉(MBC, 2016)에 출연했고, 영화 〈차형사〉(2012)의 타이틀롤을 맡았다. 저예산 영화 〈누나〉(2013)에 노 개런티로 출연하고 신인감독 단편영화에도 등장하는 등 이른바 개념 배우 모습을 보여주기도 했다.

성유리는 2013년 8월부터 2년간 SBS 토크쇼 〈힐링캠프〉 진행자로도 활약했다. 이경규, 김제동과 함께 한 이 프로그램에서 그녀는 출연자를 배려하면서도 털털하고 솔직한 매력으로 시청자를 사로잡았다.

성유리는 20대 말부터 결혼하겠다는 의욕을 나타냈다. 나와 인터뷰를 할 때 이렇게 말하기도 했다. "친구들이 아이 낳고 사는 모습을 보니까 제가 너무 늦지 않나 하는 조바심이 들어요."

그녀는 2017년 5월 골프선수 안성현과 결혼을 했다. 가족들만 초대하는 '스몰 웨딩'을 하면서 예식 비용은 기부했다. 신실한 크리스천답게 행동한 것이다.

그녀는 주변 동료들로부터 미담 제조기라는 말을 듣고 있다. 주변 사람들을 늘 밝게 대하는 데다가 작품이 끝나면 스태프들에게 선물을 돌리고 밥을 함께 먹으며 정을 나눈다고 한다.

인간에 대한 깊은 애정이 좋은 배우를 만든다는 것. 성유리가 하나의 좋은 본보기가 될 것으로 믿는다. 그녀가 내게 했던 말을 스스로 늘 새겨서 우리 곁에서 오래 호흡하는 배우가 되기를 바란다.

"연기 자체에 기쁨을 느낍니다. 새로운 캐릭터를 창조하는 일을 하게 된 것에 감사하며 살고 있습니다."

눈물은 논픽션으로

― 배우 손예진

웃음은 픽션으로 왔으나
눈물은 논픽션으로 남더라.

그녀가 스물일곱, 혹은 스물여덟이었던 즈음에
이야기의 대목마다
까르르 까르르 웃어 주더니
상처가 깊은 여주인공을 묘사하다가
갑자기 눈물을 툭 떨어트리며 외마디,
"아, 어떻게 해~."

만 열아홉부터 쉼 없이
새 인물로 다시 태어났던,
십수 년의 공력으로도
조선 옹주 덕혜의 삶으로부터
차오르는 슬픔을 어쩌지 못해
자신의 영화를 보다가 눈물 흘렸다는 그녀.

배우의 눈물은

자기를 잊는 고통 속에서 단련되는 것.
어여쁨에 대한 찬사가
늦봄의 벚꽃처럼 흐무러지는 곳을
여미고,
여배우가 아닌 배우로 서고 싶다는 그녀.

길에서 만난 모든 것에
눈물과 웃음을 거름 주면
일곱에 일흔 번을 변해야 하는 고독이
세상에 없던 꽃으로 피어나겠지.

꽃을 꿈꾸는 눈빛에
걸어온 것보다 더 오래 세월을 들이면
사라졌던 여름 향기 불러와
픽션 밖의 사람들도 감쌀 수 있겠지.

손예진(孫藝眞, 본명 손언진, 1982~)

"저는 더 달려야 한다고 봐요. 쉬었다가 사람들이 궁금해할 때 나타나자는 생각을 한 번도 해보지 않았어요. 배우는 나이 들수록 연기가 더 깊어지는 게 아닌가요. 내년, 후년에 더 좋은 모습을 보여 드릴 수 있을 거예요."

영화 〈백야행〉(2009) 개봉을 앞두고 만났던 손예진은 이렇게 말했다. 그녀가 연기자로 데뷔한 이후 8년이 됐을 때였다. 그때까지 그녀는 드라마 쪽에서 6편, 영화 쪽에선 목소리만 출연한 애니메이션 등 2편을 빼고도 10편에서 주연급 배우로 출연했다.

그 후로 또 8년 간 6편의 영화와 2편의 드라마에서 주인공으로 활약했다. 2017년에도 영화 두 작품 〈협상〉, 〈지금 만나러 갑니다〉의 촬영에 나섰다. 말 그대로 쉴 새 없이 달려온 셈이다.

손예진을 만난 후 딱 한 가지 느낌이 남았다. 이 사람은 천생 배우다. 그녀는 사소한 농담에도 까르르, 소리가 나는 웃음을 터트렸다. 또 장난기를 드러내고 싶어했다. 극중 정사신에서 여주인공의 표정이 클로즈업된 컷이 많더라고 했더니, "뭐, 다른 것을 기대하셨나 봐요."라며 반문하며 짓궂은 표정으로 웃었다.

그녀가 공식 홈페이지에서 밝힌 바에 따르면, 가까운 사람들과는 편하게 지내지만 낯을 많이 가리는 소극적인 성격이다. 그래서 처음 만나는 사람에겐 차갑다는 인상을 주는 것 같다는 게 그녀의 고백이다. 인터뷰를 하러 온 사람에게 웃어주고 짓궂게 굴었던 것은 일종의 배려였던 것.

그런 그녀가 극중 여주인공이 어린 시절에 겪은 성폭행의 상처에 대해 이야기를 하다가 목소리가 젖었다. "상상이 가지 않아요. 저는 인권

론자도, 페미니스트도 아니지만 그것은 살인보다 더한 범죄라고 생각해요. 그런 상처를 갖고 있는 친구가 있다면 아무 말도 못하고… 그저 안아 주기만 할 것 같아요. "

그러다가 감정이 복받쳐 눈물을 떨어트렸던 그녀는 인터뷰가 끝난 후 사진 촬영에 들어가자 금세 새치름한 분위기로 돌아갔다. 다소 어두운 극중 캐릭터의 주조에 맞게 표정을 바꿨다. 촬영을 지켜보며 감탄을 할 수밖에 없었다. 타고난 배우로구나!

손예진은 대구에서 태어났다. 본명은 손언진孫彦眞. 정화여고 3학년 때인 1999년 화장품 광고 모델이 되어 연예계에 데뷔했다. 대구에서 일주일에 한 번씩 서울을 오가며 연기 수업을 받다가 2000년 서울예대 영화과에 입학하면서 상경했다. 그녀는 인생에서 가장 행복했던 순간 중의 하나로 대학에 합격했던 것을 꼽는다. 탁월한 배우들을 다수 배출한 영화과에 어려운 시험 과정을 거쳐서 입학했다는 것, 자신이 하고 싶은 연기를 배울 수 있게 됐다는 것 등이 어린 그녀에게 감격을 안겨 줬던 모양이다.

그녀는 2001년 MBC 16부작 드라마 〈맛있는 청혼〉을 통해 본격적으로 배우 생활을 시작했다. 공식 오디션을 통해 극중 큰 음식점의 딸로 유복하게 자란 장희애 역할을 맡았다. 희애는 남자 주인공인 효동(정준)을 사랑하면서도 집안 간의 적대 관계 탓에 마음을 접어야 했다. 어찌 보면 비극의 주인공이지만, 손예진의 풋풋한 매력에 힘입어 깨끗하고 맑은 이미지를 남겼다. 손예진은 이 드라마 하나로 단숨에 스타 여배우로 떠올랐다. 나도 이 드라마를 보는 내내 처음 보는 신인 여배우에게 시선을 뺏겼던 기억이 난다.

연기 데뷔부터 큰 역할을 맡았으니 오디션을 거쳤음에도 캐스팅과 관련한 루머가 나돌았다. 그러나 그녀는 루머에 아랑곳하지 않고 꾸준히 자신의 필모그래피를 쌓아 나갔다. 같은 해에 MBC 16부작 〈선희진희〉에서 타이틀롤 선희 역을 맡아 호평을 받았다.

널리 알려지지 않았지만, 그녀는 칸영화제 감독상 수상작인 영화 〈취화선〉(2002)으로 스크린에 처음으로 등장했다. 장승업의 젊은 시절 가슴을 흔들었던 첫사랑의 여인 소운이 바로 손예진이었다.

그녀는 다양한 작품에서 다채로운 캐릭터를 연기했으나, 그 중에 돌올한 것이 아련한 첫사랑의 이미지다. 〈취화선〉부터 시작해 영화 〈연애소설〉(2002), 〈클래식〉(2003), 〈첫사랑 사수 궐기대회〉(2003)와 드라마 〈여름 향기〉(KBS, 2003)까지 그 이미지는 시청자를 아릿하게, 혹은 상큼하게 사로잡았다.

2004년 작 〈내 머리 속의 지우개〉에서 정우성과, 2005년 작 〈외출〉에서 배용준과 호흡을 맞춰 부부로 출연했다. 손예진은 아직 20대 초반의 배우였으나 인생의 그늘에 생애가 흔들리는 여성 역을 매끄럽게 소화하며 연기 영역을 크게 넓혔다.

2006년 작 드라마 〈연애시대〉에서도 섬세한 내면 연기를 선보였다는 평을 들었다. 〈아내가 결혼했다〉(2008)로 청룡영화상과 백상예술대상 여우주연상을 받으며 연기력을 크게 인정받았다.

이후 출연한 〈무방비도시〉(2009), 〈백야행〉(2009), 〈오싹한 연애〉(2011), 〈타워〉(2012), 〈공범〉(2013), 〈비밀은 없다〉(2016), 〈덕혜옹주〉(2016) 등은 그녀가 천의 얼굴을 지닌 배우라는 것을 증명한 작품들이다.

드라마 쪽에서 그녀 역할은 아련한 사랑의 대상이기도 하지만, 중성적 매력을 풍기거나 카리스마 넘치는 캐릭터가 많다는 게 특징이다. 데뷔 초 대하 사극 〈대망〉(SBS, 2002)에서 개성 상인의 딸로서 지략이 넘치는 남장 여인 역을 했고, 〈스포트라이트〉(MBC, 2008)에서는 저돌적인 사회부 기자로 활약했다. 〈개인의 취향〉(MBC, 2010)에서는 털털하고 지저분하며 내숭떨 줄 모르는 노처녀 가구 디자이너 역으로 젊은 시청자들의 팬덤을 이끌어 냈다. 김남길과 짝을 이뤘던 〈상어〉(KBS2, 2013)에서는 가야호텔 그룹의 외동딸이자 서울지검 검사로 변신, 열정적이며 도도한 내면을 지닌 여성을 표현했다.

잘 알려져 있지만, 그녀가 이상형의 남자로 꼽은 이는 피아니스트 백건우다. 그녀를 만났을 때 그 까닭을 물었더니 이런 대답이 돌아왔다.

"섬세한 감성의 예술가인데도 일상에서 남을 불편하지 않게 배려하며 참 평안해 보여서 좋아요. 그런데 그런 사람은 실제로 드물기 때문에 같은 부류의 사람과 결혼하고 싶은 생각은 없어요."

그녀의 미래가 자신의 말대로 될지 여부는 아무도 모르는 일이다. 분명한 것은, 그녀가 연기의 세상에 쉴 새 없이 등장하리라는 것.

손예진은 2017년 영화 〈협상〉 출연을 확정 지은 후 자신의 인스타그램에 이런 글을 남겼다. "감사한 일이 자꾸 생긴다. 더 성숙해지고 더좋은 사람 더 좋은 배우가 되는 길을 끊임없이 고민하고 노력하겠다. 다들 행복하고 감사한 밤 되시라."

두 차원

— 배우 하석진

연기에 몰입하면서도
13년째 공대생이었지

극중 차가운 남자지만
스태프들에 점퍼 선물

예의 차리는 청년인데
칭찬은 사양 모드였어

현실과 판타지 보듬고
세상 사람과 두루 통해

두 차원 열심히 오가며
30년 후 기다리게 하네.

하석진(河錫辰, 1982~)

"배우들이 가장 인정하는 동료 배우 중의 한 사람인데, 대중 스타로서는 이름이 확 뜨지 못했다. 유명하지 못한 것에 대한 압박감은 없나."

배우를 앞에 두고 이렇게 직설적으로 묻는 것은 결례일 수 있다. 그런데 이 질문을 들은 상대방은 수긋이 경청한 후에 담담한 목소리로 답했다.

"제가 최선을 다한다고 했으나 100%의 열정을 다 발휘하지 못한 듯합니다. 지금부터 내공을 착실히 쌓아 나간다면 저에게도 최고의 배우로 사랑받는 시기가 오지 않을까 생각합니다."

배우 하석진. 그가 만 30세 때였다. 연예계에서 왜 그를 '개념 청년'이라고 말하는지 알 수 있었다. 단정한 인상의 그는 어떤 질문에도 차분하고 조리 있게 답을 했다. 이렇게 반듯한 언행 때문에 그에게는 허물없이 대하기 힘든 이미지가 있었다. 그것이 대중 스타로서 부각되는 데 장애가 되는 건 아닐까.

"저 스스로 말하기는 뭐하지만, 주변 사람들을 예의 있게 대하고 신뢰를 받는 이미지를 갖고 있는 것은 좋다고 생각합니다. 그것을 바탕으로 나중에 악역도 하고, 코믹한 연기도 하면 보는 분들이 유쾌하게 신선하게 여기지 않을까요."

하석진을 만난 후 이전보다 더 호감이 생겼다. 드라마 등에서 그를 볼 때마다 전화 문자를 넣어서 격려를 해 줬다. 그는 꼭 감사 답문을 했는데, 그 내용은 언제나 넘치지도 모자라지도 않았다.

하석진은 서울에서 태어나 배명 중·고교를 졸업한 후 한양대 공대 기계공학과에 입학했다. 그는 연예계 데뷔 전까지 성적 장학금을 받았을 정도로 촉망받는 공학도였다. 연기자를 꿈꿔 본 적이 없다고 했다. 그에게서 들은 이야기.

"우연히 모델 사진을 한 장 찍자는 제안을 받아 아르바이트 비슷하게 일을 시작했는데, 스케일이 커져서 잡지, 광고, 뮤직비디오 등에 나가게 됐어요. 군 복무를 마치고 복학한 후에 1년간 열심히 공부하다가 연기 생활로 들어서게 됐습니다."

2005년 대한항공의 광고(중국 황산 편)를 찍었던 그는 같은 해 MBC 〈슬픈 연가〉에서 김희선의 매니저 역할로 드라마에 데뷔했다. 이후 영화 〈방과 후 옥상〉(2006), 〈누가 그녀와 잤을까〉(2006), 〈못 말리는 결혼〉(2007) 등에서 비중 있는 역할을 맡으며 촉망받는 신인으로 떠올랐다.

SBS 주말극장 〈행복합니다〉(2008) 등에서의 활약으로 그해에 한효주, 문채원 등과 함께 SBS 연기대상 뉴스타상을 받기도 했다. 2010년 KBS 대하드라마 〈거상 김만덕〉을 통해 처음으로 사극에 등장했다. 같은 해 방영한 tvN의 〈원스 어폰 어 타임 인 생초리〉는 그가 주인공으로 이끌어 가는 드라마였다. 평론가들의 호평을 얻었으나 당시만 해도 케이블 TV를 많이 보지 않던 시절이라 시청률은 낮았다.

이후 SBS 〈내일이 오면〉(2011~2012), JTBC 〈무자식 상팔자〉(2012~2013), SBS 〈세 번 결혼하는 여자〉(2013~2014), MBC 〈전설의 마녀〉(2014~2015) 등 화제 드라마에 빠짐없이 출연하며 당대의 주요 남성 연기자라는 이미지를 심었다.

tvN의 〈아이언 레이디〉(2016), 〈혼술남녀〉(2016)와 MBC 〈자체발광 오피스〉(2017)는 코믹 멜로 쪽으로 영역을 확장하는 계기가 됐다. 다소 무거워 보였던 그의 이미지가 조금 풀어지며 시청자들에게 친근감을 선사했다.

하석진이 코믹 멜로 쪽으로 진출할 수 있었던 것은, 간간이 출연했던 예능 프로그램에서 '똑똑하지만 빈 구석도 있는 공대 오빠' 이미지를 보여 줬기 때문이다. 특히 2015년부터 출연한 tvN 〈뇌섹시대—문제적 남자〉는 드라마 속에 있었던 그를 현실 세계로 끄집어 냈다. 이 프로그램에서 그는 어려운 수학 문제를 척척 풀어 내는 공학도 출신임을 과시하는가 하면 문제를 푸는 과정에서 희로애락을 여과 없이 드러내며 보는 이에게 웃음을 선물한다.

나는 그가 이런 예능 프로그램에서 일과성으로 소비되지 않고, 사람살이의 다양한 모습을 익히는 계기로 삼을 것을 믿는다. 그가 한국을 대표하는 큰 연기자로 성장해서 30년 후에 더 존경과 사랑을 받으리라고 생각한다. 이런 믿음과 소망은, 그가 성실할 뿐만 아니라 사람 세상에 대해 따스한 시선을 가진 인물이라는 것을 알기 때문이다.

연전에 내가 그를 만나기 전날, 그는 드라마 스태프들에게 패딩 점퍼 100벌을 선물하며 따뜻한 감사의 말을 전했다. 그러나 그는 인터뷰 때 이에 대해 한 마디도 하지 않았다. 그의 선행은 제작진에 의해 훨씬 나중에 알려졌다.

소문을 이기는 소망

－ 배우 문채원

물을 주지 않아도
이 판에서 나날이 자라나는
시기와 질투가
어찌 그녀만을 피해 갈까

으뜸 빛, 채원彩元의 길에서
소문일랑은 고이 견디겠으나
엄마와 동생에게까지
독화살이 안 갔으면 좋겠다고

화가의 꿈을 꾸던 딸이
배우가 되겠다고 했을 때
힘들어 했던 아빠에게
자랑이 되고 싶다고

밤샘 촬영을 해도
스태프들에게 웃어 주고
먹을 것을 나눠 먹으며

오래오래 일하고 싶다고

극중의 무엇이 되어도
시간의 공을 들여서
나를 기다리는 분들에게
선물로 다가가고 싶다고.

문채원(文彩元, 1986~)

문채원은 이름이 참 잘 어울리는 배우다. 할아버지가 지어 줬다는 채원 彩元은 발음도 좋고, 뜻도 좋다. 으뜸으로 빛나기는 쉽지 않지만, 문채 원은 그것을 향해 차근차근 걷고 있다.

그녀를 만난 것은 드라마 〈공주의 남자〉(2011)가 끝난 직후였다. KBS가 방영한 이 사극에서 문채원은 수양대군의 딸인 세령 역을 맡았 다. 이 작품은 높은 시청률을 기록하며 화제를 모았고, 문채원의 절절 한 감정 연기는 '세령앓이' 바람을 일으키며 뜨거운 반응을 이끌었다.

"시청자들께서 주시는 사랑은 저에 대한 것이 아니라 극중 캐릭터를 향한 것이라고 생각해요. 배우로서 저는 한 작품 한 작품 캐릭터의 삶 을 충실히 살아 냄으로써 그 사랑에 보답을 하고 싶습니다."

당시 만 26세였던 그녀는 결곡한 이미지에 딱 맞는 소감을 내놨다. 현재의 인기에 너무 취하지 않고 연기자로서의 자세를 가다듬기 위해 애쓰는 모습이었다.

문채원은 인터뷰 중에 자리에서 일어나 '출출하시지 않느냐'며 피자 를 잘라 주며 먹을 것을 권했다. 밤샘 촬영을 하는 현장에서도 동료와 스태프들에게 다감하게 대한다는 이야기를 실감하게 만들었다.

"집에서도 아버지에게 살갑게 대하느냐."고 농반진반으로 묻자, 그녀 의 얼굴이 굳어졌다. 그녀는 "아버지와 딸이라고 보기보다는 아들처럼 지낸다."고 했다. 친겹게 지내지 못하고 데면데면한 편이라는 뜻이었 다. 그녀의 아버지는 대학에서 미술을 전공하며 화가의 길을 가던 딸이 갑자기 배우가 되겠다고 나선 것을 이해하지 못하고 심하게 반대를 했 다. 그래서 아버지와 냉전 시기를 겪었고 이후에 살갑게 대하지 못하고 있다는 게 그녀의 고백이었다.

문채원은 〈공주의 남자〉 이전에 출연한 드라마 〈괜찮아, 아빠 딸〉 (SBS, 2010)에서 억울한 누명을 쓴 아빠 곁을 지키는 딸 역을 맡아 열연했다. "그 드라마는 저희 아빠에게 드리는 선물 같은 것이라고 생각했어요." 아버지에게 사랑스러운 딸이고 싶은 마음이 드러나는 말이었다. 문채원은 대구에서 태어나 초등학교 6학년 때 서울로 이사했다. 청담중학교에 다닐 때 사투리 탓에 친구들과 말을 안 하다 보니 외톨이로 지낸 적이 있다는 게 그녀의 회고다. 조용하고 내성적인 성격으로 그림 그리는 것을 좋아했다. 초등학교 때 무용을 했으나 큰 수술을 받는 바람에 미술로 바꿨다고 한다. 선화예고에 회화 전공으로 진학한 후 성격도 밝아졌고 그림도 열심히 그렸으나 3학년 때 배우가 되고 싶다는 생각을 하면서 방황을 하였다. 영화학과나 연극영화과에 진학하고 싶었지만 아버지의 반대에 부닥쳐 추계예대 서양화과에 진학했다. 결국 한 학기 만에 휴학하고 김종학프로덕션에 들어가 연기자의 길을 시작했다.

2007년 케이블 채널 드라맥스의 4부작 드라마 〈김현철의 연애의 재구성〉으로 브라운관에 등장했으나 잠깐 얼굴을 비친 정도였다. 실제 데뷔작은 같은 해 방영한 SBS 시트콤 〈달려라 고등어〉라고 할 수 있다. 문채원은 오디션에서 60대 1의 경쟁률을 뚫고 주인공 민윤서 역으로 발탁됐다. 이 작품은 8회 만에 조기 종영했으나 문채원뿐만 아니라 이민호, 박보영 같은 스타들을 배출했다.

문채원은 2008년 김수로 주연 영화 〈울학교 이티〉에 역시 이민호, 박보영과 함께 함께 출연함으로써 스크린에도 데뷔한다. 그녀는 같은 해 9월부터 방송된 SBS 퓨전 사극 〈바람의 화원〉에서 기생 정향 역을 했다. 이 작품에서 신윤복 역을 한 문근영과 호흡을 맞춰 시청자들의 사랑을 받았고, 그해 SBS 연기대상에서 베스트커플상과 뉴스타상을 수상했다. 여-여 커플이 베스트커플상을 받은 것은 처음 있는 일이어서 연예계 안팎에 큰 화제를 뿌렸다.

문채원은 2009년 SBS 주말 드라마 〈찬란한 유산〉에서 주인공 한효주의 앤태거니스트antagonist로 인상적인 열연을 펼쳤다. 이 작품은 40%가 넘는 시청률을 기록하며 그녀의 이름을 알리는 데 큰 역할을 했다. 그녀는 같은 해 KBS 수목 드라마 〈아가씨를 부탁해〉에서 발랄한 모습을 보여주며 연기 영역을 넓혔다.

소속사를 옮긴 후 선택한 〈괜찮아, 아빠 딸〉, 〈공주의 남자〉 등에서 호평을 얻었다. 박해일, 류승룡 등과 함께 출연한 영화 〈최종병기 활〉이 흥행 대박을 터트리면서 그녀에게 대종상 신인여우상, 청룡영화상 신인여우상을 안겼다.

2012년 KBS 수목 드라마 〈세상 어디에도 없는 착한 남자〉에 송중기와 함께 출연, 도도하고 차가운 재벌 총수의 딸 서은기 역할을 했다. 극중 은기는 가난한 청년 마루(송중기)를 밀어 내려 하지만 끝내 사랑에 빠졌다가 비극을 맞는다. 이 작품은 높은 시청률과 함께 작품성도 인정받았고, 문채원에게 KBS 연기대상 최우수상을 안겼다.

문채원은 이듬해 KBS 월화 드라마 〈굿 닥터〉에서 소아외과 펠로우 2년차 차윤서 역으로 출연했다. 주원과 호흡을 맞춘 이 작품 역시 높은 시청률을 기록했다.

그녀는 영화 쪽에 시선을 돌려 2015년 〈오늘의 연애〉를 선보였다. 이승기의 상대 역으로 나온 이 작품에서 문채원은 로맨틱 코미디 주인공으로서의 가능성을 보여 줬다는 평을 들었다. 2016년에도 영화 〈그날의 분위기〉에 나왔고, 드라마 〈굿바이 미스터 블랙〉에서도 활약했다.

문채원은 2017년에 일급 여배우들의 통과의례처럼 유명세를 혹독하게 치렀다. 그녀에 관해 지어 낸 한 네티즌의 거짓 글이 인터넷에 홍역처럼 퍼져 나갔던 것. 그녀의 소속사는 허위 루머를 퍼트린 당사자에게 수차례 경고했으나 그가 자제하지 않자 법적 대응을 시사했다.

이렇게 강경하게 대응한 것은 잘한 일이다. 대중 스타로서 구설에 오르지 않겠다고 약한 모습을 보이면 그 고리로 계속 치고 들어오는 게 음습한 루머이기 때문이다. 그로 인해 고통받고 있는 동료 연예인들을 위해서도 단호하게 대처할 필요가 있다.

다행인 것은, 문채원이 그런 루머 따위에 아랑곳하지 않고 자신의 길을 꿋꿋이 걸어가고 있다는 것이다. 그녀는 2017년 여름에 방영된 tvN 드라마 〈크리미널마인드〉에서 활약했다. 손현주, 이준기 등이 함께 출연한 〈크리미널마인드〉는 세계적으로 인기가 높은 미국의 범죄 수사물을 리메이크한 것. 이 드라마에서 문채원은 범죄자의 심리를 꿰뚫어 잔혹한 범죄 사건을 풀어나가는 프로파일러로 나왔다. 새로운 캐릭터에 도전해 또 하나의 이력을 쌓아 올린 것을 보니, 그녀가 했던 말이 자연스럽게 떠올랐다.

"한 사람에게 사랑을 받기도 힘든데 대중에게 사랑을 받으려면 연기만 잘해서가 아니고 오랜 시간 공을 들여야 한다고 생각해요. 그래서 부수적으로 따라오는 것들은 제가 감당을 해야겠지요."

그만두고 싶을 때 없었나요?

— 배우 박하선

지금 하는 일은 좋으신가요?
그만두고 싶을 때 없었나요?
스무 살이나 어린 여배우가
그런 질문을 할 줄은 몰랐다.
인현왕후 역할을 한 후에
그녀의 별명은 단아 인현,
좀 망가지는 캐릭터로 나와도
단아 이미지로 불릴 때였다.
시사회 후 뒤풀이 자리여서
농이 섞인 음성으로 답했다.
그럼요, 하루에도 108번씩은
그만두겠다는 생각을 하지요.
그녀는 고개를 끄덕거렸다.
저는 데뷔 초기에 그랬어요.
하기 싫은 일을 시키기에
그것만은 못하겠다고 했더니
재떨이가 날아와 다칠 뻔했지요.
그때 그만뒀으면 어땠을까요?

고통을 참는 것이 운을 만들고
운이 고통을 참게 한다는 걸
모르는 채 그냥 살았겠지요?

박하선(朴河宣, 1987~)

박하선을 만난 것은 서울시청 근처의 호프집이었다. 영화 시사회 후 기자들과 제작진이 어울려 깊은 이야기를 나누는 자리였다. 주최 측이 안내하는 대로 어느 테이블에 우연히 앉았는데, 앞자리에 참한 인상의 아가씨가 앉아 있었다. 그쪽으로 안내한 이가 내게 "박하선 씨예요."라고 소개를 했다. 그러고 보니 당시 MBC 사극 〈동이〉에서 인현왕후 역할로 주목받았던 바로 그 배우였다. 사극 복장이 아니라 캐주얼하게 티셔츠를 입은 모습이 상큼했다. 살며시 미소를 띠는 모습이 서그러운 성품임을 나타냈다.

그녀와 여러 가지 이야기를 했지만, 기억에 남는 것은 운문에 담은 내로 "지금 하고 계신 일을 그만두고 싶은 때가 없었나요?"라고 물었던 것이다. 그로써 그녀가 데뷔 초기에 힘든 시기를 겪었고, 그로 인해 오랫동안 갈등을 했음을 알 수 있었다. 그녀는 "이제 연기의 기쁨을 느끼게 됐으니 열심히 하고 싶다."며 환하게 웃었다.

이후 몇 년간 박하선이 자신의 말대로 열심히 활동하는 것을 주목했다. 그녀는 연기자로서 최선을 다하는 한편, 자신의 팬클럽 멤버들과 어려운 이웃을 돕는 선행도 꾸준히 펼쳐 왔다. 연기자와 팬클럽의 가장 이상적인 관계라고나 할까.

박하선 팬클럽 홈페이지는 '하늘에서 내린 선물'이라는 타이틀을 걸고 있다. 이는 박하선이 고교 때의 기억을 되돌아본 데서 나온 것이다. 그녀가 자신의 한자 이름 하선河宣이 어려워서 마음에 들어 하지 않자, 고교 선생님이 하늘에서 내린 선물이라고 뜻풀이를 해 줬다고 한다. 그 기억을 귀하게 간직하는 데서 드러나듯, 박하선은 이웃들과 더불어 삶을 기쁘게 누리고 싶어 한다.

박하선은 서울 중랑구 쪽에서 성장했다. 중화초교, 영란여중, 송곡여고를 거쳐 동국대 연극영화학과에 진학했다. 고교 시절 KBS〈도전! 골든벨〉에 출연해 당시 사회자였던 김보미 아나운서와 미모 대결을 했다는 게 연예계 데뷔 후 화제가 됐다.

그녀는 영화〈키다리 아저씨〉시사회 무대 인사를 구경 갔다가 스카우트되어 연예계에 입문했다. 2005년 SBS〈사랑은 기적이 필요해〉로 드라마에 데뷔했으며, 이듬해〈아파트〉로 영화 쪽으로도 진출했다.

2007년 KBS〈경성 스캔들〉로 사극에 첫 출연했고, 2009년 SBS〈왕과 나〉에서 폐비 신씨 역할을 했다. MBC 사극〈동이〉가 인기를 끌었던 2010년에 영화〈주문진〉,〈영도다리〉등을 선보였다.

이듬해 MBC 시트콤〈하이킥 짧은 다리의 역습〉에 여교사 역으로 출연해 호평을 받으며 대중들에게 널리 얼굴을 알렸다. 같은 해에 영화〈세상에서 가장 아름다운 이별〉,〈챔프〉등에 출연하며 대세 배우로 자리매김했다.

2012년에 영화〈음치 클리닉〉의 주연으로 로맨스 코미디에 도전했다. 2013년과 2014년에 쉴 새 없이 드라마를 찍었다.〈광고천재 이태백〉(KBS2),〈투윅스〉(MBC),〈쓰리데이즈〉(SBS),〈유혹〉(SBS) 등이 이 시기 작품들이다. 한류스타 반열에 오른 덕분에 중국 영화〈탈로이드〉에서 공주 역을 맡아 현지 촬영을 하기도 했다.

그러나 이후 2년은 공백기였다. 출연하기로 했던 작품들이 연이어 무산되면서 배우로서 시련을 맞았다.

박하선은 2016년 tvN〈혼술남녀〉를 통해 화려하게 복귀했다. 극 중 '노량진 장그래'라 불리는 국어강사 박하나 역을 맡아 코믹 연기를 선보였고, 마니아 팬을 거느릴 정도로 성공을 거뒀다. 그녀는 언론 인터뷰 등에서 "되돌아보기 싫을 정도로 힘든 침체기를 겪었기 때문에 짠내 나는 역할을 제대로 할 수 있지 않았나 싶다."고 했다.

나는 대중에게 비쳐진 박하선의 이미지가 이중적이라고 생각한다. '단아 인현'이라고 불렸던 데서 알 수 있듯 몬존한 느낌이 있는 반면에 시트콤에서의 망가진 캐릭터는 편하고 친근하게 다가온다. 그녀는 가끔 뭔가 빈 듯이 어리바리한 표정을 짓곤 하지만, 예능 프로그램에서 '대령의 손녀'로 불리며 군 생활을 야무지게 해 낸 것에서 드러나듯 강인한 구석이 있다.

그녀의 이중성이 평소 생활에서 나타나면 주변 사람들이 어떻게 여길지 모르겠으나, 배우로서는 큰 장점이라고 생각한다. 이 장점을 살리면 긴 호흡의 배우가 될 수 있을 것이다.

박하선은 2017년 초에 동료 배우 류수영과 결혼식을 올렸다. 드라마에서 함께 호흡을 맞춘 인연으로 부부가 된 두 사람은 여러 면에서 잘 어울린다는 평을 듣고 있다.

그녀가 가정에서나, 연기의 세계에서나 행복하기를 바란다. 두 영역 어디에서도 그만두고 싶을 때가 없이.

흩날리는 말에 흔들리지 않고

— 배우 김옥빈

영화 〈박쥐〉 때였어.
뱀파이어의 흡혈 욕망에 사로잡혀
넋이 빠져 있던 그녀를 만난 후,
나는 중얼거렸지.
옥빈이 아니라 텅빈이다.
스물세 살의 여배우에게
무에 그리 적의가 깊다고
며칠 후 또 한 번 중얼거렸을까.
옥빈이 아니라 골빈이다.

말의 칼을 휘둘러 놓고
그 죄를 잊고 살았구나.

그동안에 그녀는
꾸준히 자기 길을 걸었다더라.
쟤 뭐할까
누군가 궁금해하더라도 상관없이
자기 항아리에

연기를 채우는 일에 몰두했다더라.

단 한 순간의 몸짓에
십 년의 공력을 담을 수 있게 됐더라.

이제야
말의 칼을 휘두른 죄를 깨달아
죄인이 머리를 풀고
차가운 바닥에 엎드리듯
지난 시간을 살피니,
스물세 살의 그녀가
이런 다짐을 했더라.
"흩날리는 말에 흔들리지 않고
소신 있게 살고 싶습니다."

김옥빈(金玉彬, 1987~)

영화 〈박쥐〉 시사회 후 여주인공인 김옥빈을 만났다. 남자 주인공인 송강호와 함께한 자리였다.

〈박쥐〉는 괴기스럽고도 아름다우며, 슬프면서도 유머러스한 작품이다. 폭력이 난무하고 핏물이 줄줄 흐르지만, 화면 하나하나가 정교한 연출에 의해 미학적 완성도가 높다. 신심이 깊은 가톨릭 신부가 친구의 아내와 불륜의 사랑을 나누며 파멸해 가는 모습은 서글프지만, 이야기가 전개되는 과정엔 신이 만든 피존재의 나약함을 어루만지는 따스한 유머가 흐른다.

〈박쥐〉의 여운이 컸기에 두 주연 배우와 함께 뭔가 격조 있는 이야기를 나누고 싶었다. 그러나 그것은 지나친 바람이었다. 내가 무슨 질문을 하면 김옥빈은 멍한 표정을 지었다. 짧게 내놓는 대답은 질문의 본질에서 벗어나 있었다. 옆에 있던 송강호가 나서서 "옥빈아, 그건 말이야…"하며 질문 의도를 다시 전해 주고 대답을 조정해야 했다.

김옥빈은 빨리 이 자리를 끝냈으면 하는 기색을 얼굴에 드러냈다. 송강호가 성의 있는 답변으로 분위기를 살리지 않으면, 나도 자리를 박차고 일어나고 싶은 심정이었다.

꾹 참고 인터뷰를 이어갔다. 기사에 쓸 만한 답변을 몇 개 끄집어 낸 후 나는 도망치듯 그 자리를 벗어났다. 그녀에 대한 인상이 좋게 남았을 리가 없다.

그런데 이후 시간이 흐르면서 그 인상이 서서히 바뀌었다. 흥행에 연연해하지 않고 독특한 캐릭터들을 꾸준히 연기하는 그녀에게서 배우의 뚝심과 소신을 느낄 수 있었기 때문이다. 또 근년에 어떤 사안에 대해 발언하는 것을 보니, 이전보다 훨씬 성숙해진 시각을 알 수 있었다.

하긴, 〈박쥐〉 때 그녀는 만 22세였다. 극중 캐릭터를 감독의 디렉팅에 따라 연기하는 재능을 타고났다고 해도 그것의 의미를 언어로 설명하는 것까지는 무리일 수 있었다. 종교적 구원과 인간 욕망의 갈등을 다루며 도처에 철학적 상징과 은유를 담고 있는 영화를 그녀가 어떻게 언어로 감당할 수 있었겠는가. 나는 그런 것을 고려하지 않는 채 작품에서의 감동에 취해서 어린 배우에게 과욕을 부린 것이다.

김옥빈은 전남 순천에서 태어나 광양에서 성장했다. 3녀 중 장녀. 그녀의 막냇동생도 채서진이라는 예명으로 활동하고 있는 배우다.

네이버 얼짱 선발대회(2004) 출신인 김옥빈은 2005년 SBS 추석 특집극 〈하노이 신부〉로 드라마에 데뷔했다. 진짜 베트남 여성이 아닐까 싶을 정도로 연기가 뛰어났다는 평가를 들었다. 같은 해에 영화 〈여고괴담死—목소리〉에 여고생 귀신 영언 역으로 나와 스크린에 첫선을 보였다. 이 영화로 크게 주목을 받으며 청룡영화상 신인여우상 후보에 올랐다.

이듬해 드라마 〈안녕하세요 하느님〉(KBS2)과 〈오버 더 레인보우〉(MBC)에 출연해 대중에게 얼굴을 널리 알렸다. 영화 〈다세포 소녀〉에도 나왔던 이 시기에 소주 광고 등을 찍으며 얼짱 CF 모델로 눈길을 끌었다.

이때 한 TV 예능 프로그램에서 발언한 게 대중들의 질타를 받았다. 레스토랑에서 밥을 먹은 후 남자친구가 할인 카드를 꺼내 계산하는 게 분위기를 깬다는 내용이었다. 당시 20세였던 그녀는 프로그램 대본에 있는 답변이 자신의 생각과 같아서 선택했을 뿐이었는데, 세간의 이슈였던 된장녀 질타 분위기에 몰려 네티즌들의 거친 공격을 받았다.

그녀는 이런 스캔들을 뒤로 하고 2007년에 드라마 〈쩐의 전쟁 : 보너스 라운드〉(SBS)에 나왔고, 2008년에는 이정재와 함께 영화 〈1724기방난동사건〉을 찍기도 했다. 2009년 박찬욱 감독의 영화 〈박쥐〉는 그녀에게 시체스 영화제 여우주연상을 안기며 국제 무대에 이름을 알리는 계기를 마련했다.

이후 영화 〈여배우들〉(2009), 〈고지전〉(2011), 〈시체가 돌아왔다〉(2012), 〈열한시〉(2013) 등에 출연했다. 이들 작품들은 상업적으로 큰 성공을 거두지 못했다. 그러나 김옥빈은 다채로우면서도 개성적인 캐릭터를 잇달아 소화해 내면서 실력파 배우의 반열에 올랐다.

특히 그녀는 철거민 문제를 다룬 〈소수의견〉(2015)에서 진실을 파헤치려는 여기자 역을 맡아 열연하면서 개념 배우 이미지를 심기도 했다. 드라마에도 꾸준히 나와 〈칼과 꽃〉(KBS2, 2013), 〈유나의 거리〉(JTBC, 2014) 등을 선보였다.

김옥빈은 연기 이외에도 다채로운 매력을 대중에게 선물해 왔다. 2011년 케이블 채널 XTM 〈탑기어 코리아〉에 출연해 숨겨 온 운전 실력을 발휘해 주변을 놀라게 했다. 바이크와 자동차 운전이 취미라는 것이 그때 알려졌다.

2012년에는 케이블 채널 프로그램을 통해 각기 다른 밴드에서 활동하고 있는 뮤지션들을 모아 〈김옥빈의 오케이 펑크OK PUNK〉를 결성했다. 이 밴드는 펑크록을 연습하는 과정을 시청자들에게 생생하게 보여주며 주목을 받았다.

활달한 성격에서 가끔 터져 나오는 개념 발언은 과거 할인 카드 언급 논란을 불식시키기에 충분했다. 예컨대, 2016년 2월 SBS 〈그것이 알고 싶다〉의 '시크릿 리스트와 스폰서' 편을 본 후 그녀가 SNS에 올린 글은 사안의 본질을 쉬운 언어로 꿰뚫어 본 것이었다. 돈으로 연예계 신인들을 농락하려는 자들에 대한 분노와 풍자가 설득력 있었고, '유명 연예인 = 스폰서'라는 인식에 대한 반박이 적절했다. 동시에 '꿈을 갖고 노력하는 친구'들을 격려하고 싶은 연예계 선배의 절실한 마음도 잘 담았다.

김옥빈은 2017년 영화 〈악녀〉 상영을 계기로 TV 예능 프로그램에 잇달아 출연하며 대중들과 친화하는 시간을 누렸다. 얼굴을 일그러트릴 정도로 크게 웃으며 시원시원한 입담을 과시하고 능숙한 춤 실력을 과시했다. 여배우로서의 신비감이 떨어진다는 비판이 시청자 일각에서 나왔으나, 그녀가 이전보다 훨씬 편안한 느낌으로 다가온다는 호의적 반응이 많았다.

김옥빈은 〈악녀〉의 주인공으로 제70회 칸국제영화제에 초대됐다. 칸 레드카펫을 밟은 것은, 〈박쥐〉에 이어 두 번째였다.

그녀는 〈악녀〉에서 살인 병기로 길러진 조선족 최정예 킬러로, 자신을 둘러싼 비밀과 음모를 깨닫고 잔혹한 복수에 나서는 숙희 역할을 맡았다. 평소 꾸준히 운동을 해온 그녀만이 할 수 있는 액션 연기를 선보였다는 평가를 받으며 국내외에서 주가가 크게 올랐다. 김옥빈은 언론과의 인터뷰에서 이렇게 말했다.

"8년 전 〈박쥐〉로 칸을 찾았을 때와는 마음가짐부터가 많이 달라졌어요. 예전엔 미친 듯이 심장이 뛰었고 그저 신기했는데 이번엔 덤덤하면서도 편안하게 좋더라고요. 레드카펫에서도 하늘을 보면서 '20대 때 왔는데 30대가 돼서야 왔구나. 40대에 다시 올 수 있도록 더 열심히 하자'고 다짐을 했어요."

이렇게 성숙한 시각은 연기 현장에서 오랜 시간 공력을 쌓아 왔기 때문에 가능할 것이다. 되돌아보니, 나를 만났던 만 22세 때 그 싹은 배태되고 있었다.

"앞으로 작품 규모가 크든, 작든 제가 좋아할 만한 작품이면 열심히 할 것입니다. 사람들이 쟤 뭐할까, 궁금해하더라도 상관없이 연기에만 몰두하며 흩날리는 말에 흔들리지 않고 소신 있게 살고 싶습니다."

아름다운 청년

— 그룹 하이라이트 리더 윤두준

아이돌 그룹의 리더로서
그대가 얼마나 훌륭한지는
잘 모른다.
남미를 뒤흔들었다는 그대들의 노래도
미안하지만,
잘 모른다.

프랑스 공연에서 만난
스물네 살 파리 아가씨 안나 소피가
그대에게 주라며 이름을 적어 준 종이를
전해 줬을 때
고맙다며 단정히 고개 숙여 인사하던
스물세 살 청년의 모습이
아름다웠던 것은 안다.

축구를 즐긴다는 그대가
야생마처럼 그라운드를 누빌 때,
드라마 〈식샤를 합시다〉에 나와서

와구와구 맛있게 밥을 먹을 때,
패키지 여행 프로그램에서
선배들에게 다정한 웃음을 지을 때,
참 싱그러웠던 것은 안다.

윤두준 (尹斗俊, 1989~)

윤두준을 만난 것은 2012년. 프랑스 파리에서 펼쳐진 케이팝K-POP 8개 그룹 합동 공연 때였다. KBS 2TV 〈뮤직뱅크〉가 주최한 무대였다. 윤두 준이 리더였던 보이 그룹 비스트를 포함해 샤이니, 2PM, 포미닛, 티아 라, 유키스, 씨스타, 소녀시대 등이 출연했다.

당시 케이팝 열기가 전 세계를 휩쓸고 있던 때여서 파리에서도 그 분 위기를 느낄 수 있었다. 유럽 각 지역에서 온 팬들이 샤를드골공항 로 비를 가득 메우고 자신이 좋아하는 케이팝 그룹을 기다리며 이름을 연 호했다.

공연장은 2만 여석 규모를 갖춘 베르시 스타디움Bercy Ommisport으 로, 아시아 지역 아티스트에게 처음으로 대관됐다고 했다. 이날 공연 관람료는 유럽 대중음악 공연에서 1급에 해당하는 10만~15만원임에도 객석이 가득 찼다. 관객은 대부분 10대와 20대였으나 중년 남녀들도 간 간이 눈에 띄었다.

관객들은 객석에 가만히 앉아 있지 못하고 무대 앞에 빽빽이 몰려 스 탠딩으로 공연을 즐겼다. 비스트가 〈숨〉, 〈뷰티풀Beautiful〉을 부를 때 '꺄약' 하는 소리는 비명에 가까웠다.

나는 이때 관객에게 다가가 인터뷰를 시도하다가 24세 직장 여성이 라는 안나 소피를 만났다. 그녀는 영어로 "비스트 멤버 중 춤을 잘 추 고 유머러스한 윤두준을 좋아한다. 그에게 저의 사랑을 꼭 전해 달라." 며 내 취재 수첩에 자신의 이름을 적고 하트 문양을 그렸다.

공연이 끝나자, 각 그룹들은 자리를 빠져나가기 위해 애써야 했다. 현장을 떠나는 그들을 보기 위해 인파가 몰렸기 때문이다.

그런 와중에서 윤두준은 차질 없이 철수하기 위해 멤버들을 독려하고 있었다. 듣던 대로 카리스마 있는 리더의 모습이었다.

그에게 안나 소피의 이름이 적힌 종이와 함께 그녀의 팬심을 전했다. 그는 깍듯하게 고개를 숙이며 "네, 고맙습니다."라고 했다. 만 스물세 살의 청년은 단단하면서도 속이 꽉 찬 느낌을 줬다.

윤두준은 2009년 그룹 비스트의 리더로 연예계에 등장했다. 비스트 는 'Boys of EAst Standing Tall'의 약자로 동쪽 아시아에 우뚝 선 소년 들이라는 뜻을 갖고 있다. 윤두준을 비롯해 장현승, 용준형, 양요섭, 이 기광, 손동운으로 구성됐다.

데뷔 때부터 소녀 팬들을 몰고 다닌 비스트는 2010년 〈Shock〉, 〈숨〉, 〈Beautiful〉 등을 히트시키며 각종 음악 프로그램에서 수위를 차지했다. 2011년 〈비가 오는 날엔〉과 〈Fiction〉으로 KBS 가요대축제 대상을 거 머쥐었다. 2012년에는 첫 월드 투어 'BEAUTIFUL SHOW'를 진행하며 명실공히 케이팝을 대표하는 보이 그룹으로 자리매김했다.

비스트는 이후 수년간 다양한 히트곡을 내며 정상급 아이돌로 꾸준 한 활동을 펼쳤다. 일본에서 정규 앨범을 발매해 오리콘 차트에서 1위 에 오르기도 했다.

비스트 리더 윤두준은 건강하고 밝은 이미지로 대중에게 어필했다. 그는 축구를 즐기는 '체육돌'로 예능 프로그램에서 인기를 끌었고, 영 화 〈가문의 영광 5—가문의 귀환〉에 나오는 등 연기에도 재능을 보였 다. 특히 tvN 드라마 〈식샤를 합시다〉(2013~2014)에서 주인공 구대영 역을 맡아 주목을 받았다. 신도시 세종의 보험 판매원이자 맛집 블로거 인 구대영은 생활력 강하면서도 속이 깊은 청년으로, 초등생 동창 백수 지(서현진)와 티격태격하면서도 넉넉한 품으로 그녀를 감싸는 캐릭터 였다. 윤두준은 이 역할과 싱크로율이 100%에 가깝다는 평을 들었고,

드라마는 상한가를 기록해 2015년 속편을 방영했다.

데뷔 후 같은 멤버로 활동했던 비스트는 2016년 4월 장현승이 탈퇴해 5인 체제로 재정비됐다. 같은 해 7월 세 번째 정규 앨범 《Highlight》를 발매했다.

이들은 2017년에 그룹 이름을 '하이라이트'로 바꿨다. 전년도 10월에 기획사 큐브엔터테인먼트와 계약이 종료된 것에 따른 것이었다. 큐브에서 더 이상 일할 수 없다고 판단한 이들은 신규 소속사 '어라운드어스'를 설립했고, 큐브가 상표권을 갖고 있는 비스트를 사용할 수 없게 된 탓이다.

팀이 해체되지 않고 새로운 이름으로 거듭나는 과정에서 윤두준의 리더십이 큰 역할을 했으리라는 것은 충분히 짐작할 수 있다. 하이라이트는 새 앨범을 낸 후 콘서트를 여는 등 활발한 움직임을 보이고 있다.

윤두준은 하이라이트로 변신한 후 예능 프로그램에 이전보다 훨씬 더 적극적으로 출연하고 있다. 하이라이트의 존재감을 높이기 위한 노력의 하나로 여겨지는데, 결과적으로 대중과 가까워지는 계기가 되고 있다. 김용만 등 연예계 선배들과 함께 패키지 여행을 떠난 〈뭉쳐야 뜬다〉(JTBC)에서 그가 보여 준 모습은 건실한 청년 그 자체였다. 음식을 만드는 프로그램인 〈집밥 백선생 3〉(tvN)에서는 뭐든지 잘 먹고 매사에 긍정적인 캐릭터로 호감을 줬다. 가수로, 배우로, 또 예능인으로 다채로운 매력을 발산하고 있는 그의 앞날이 어떤 모습일지 기대가 된다.

사랑은 끝나지 않는다

— 걸그룹 소녀시대

파리의 베르시 스타디움
2만 객석이 꽉 찼던 것을
기억한다.
꺄악꺄악 비명과 환호가 하나로
터지던 그 밤의 열기.

아메리카에서 유럽까지
케이팝의 흥을 몰고 갔던
그대들이 자랑스러웠으나
아시아의 저널리스트인 나는
오지 않은 미래를 응시했다.

그 후로 오 년,
세계를 다 밟지 못한 채
그대들의 소녀시대가 끝났어도
고개를 떨구지는 않고
또 다른 미래를 응시했다.

저 앞에 새로운 십년이 있으니
포기할 것은 아무것도 없다.
각자도생의 길을 가면서도
언제든 모여서
춤과 노래의 에너지를
끌어올릴 수 있지 않은가.

그대들의 소녀시대는 끝났어도
파리의 팬들이 우리말로 외쳤던
그 사랑은 끝나지 않는다.
지금은 소녀시대,
앞으로도 소녀시대,
영원히 소녀시대.

소녀시대(少女時代, 1989~)

걸 그룹 '소녀시대'는 소녀들이 세상을 평정할 시대가 왔다는 뜻이라고
한다. 소녀시대가 유럽을 점령할 때, 나도 그 현장에 함께 했다. 이렇게
말하면 과장이겠으나, 그런 느낌이 지금도 내게 남아 있다.

2012년 케이팝 그룹들의 파리 공연. 그 절정은 역시 소녀시대의 춤과
노래였다.

공연의 대미를 장식한 소녀시대는 특유의 화려하면서도 절도 있는
춤 동작으로 관객들에게 볼거리를 선사했다. 그 전 해에 있었던 SM타
운 콘서트(SM엔터테인먼트 소속 가수들의 공연)를 통해 소녀시대를 접
했던 관객들은 〈소원을 말해 봐〉, 〈훗〉 등의 우리말 노래를 능숙하게
따라 불렀다. 소녀시대가 이때 파리 관객에게 첫선을 보인 신곡 〈더 보
이즈The Boys〉도 대부분 따라 불렀다. 유튜브 등을 통해 이미 접했다는
것을 알 수 있었다.

공연 후 소녀시대는 프랑스 방송 토크쇼에 출연했다. 카날 플뤼Canal
Plus 방송의 〈르 그랑 주르날Le Grand Journal〉이었다. 녹화 현장에서 프
랑스 팬들은 소녀시대의 구호 '지금은 소녀시대, 앞으로도 소녀시대,
영원히 소녀시대'를 한국어로 합창해 멤버들을 놀라게 했다. 방송 출연
후 주프랑스한국문화원에서 만났을 때, 소녀시대 멤버들은 "월드투어
에 대한 새로운 에너지를 얻었다."며 감격스러워했다. 파리에 오기 직
전에 소녀시대는 한국 가수 최초로 미국 CBS 〈데이비드 레터맨쇼Late
Show with David Letterman〉와 ABC 모닝 토크쇼 〈라이브! 위드 켈리
LIVE! with Kelly〉에 출연했다.

미국·프랑스 등 해외 방송에 잇달아 출연하게 된 소감과 관련, 수영
은 '그 자체만으로도 기쁨이고 큰 영광'이라며 "부담스럽기도 하지만

좋은 음악을 들려 드리기 위해 계속 노력하는 계기로 삼겠다."고 말했다. 팀 막내인 서현은 "르 그랑 주르날녹화 현장에서 프랑스 팬들이 한국어로 뜨거운 응원을 해 준 덕분에 신곡 '더 보이스'를 부르는 공연을 신 나게 했다."며 환하게 웃었다. 유리 역시 "프랑스 팬들이 한국 음악뿐만 아니라 문화에도 관심을 보여서 놀랍고 기뻤다."고 밝혔다.

물론 프랑스 일반인들은 소녀시대를 잘 알지 못한다는 게 현지 교민들의 전언이었다. 케이팝에 심취한 일부 청소년들과 그들 부모들만이 열광한다는 것이었다. 그게 객관적인 당시 상황이었다. 그럼에도 케이팝 아이콘인 소녀시대의 유럽 공략은 뜻깊게 느껴졌다. 프랑스를 비롯한 유럽의 청소년들이 먼 극동의 나라 한국과 소통하는 통로로 삼고 있기 때문이었다.

소녀시대는 보이 그룹 슈퍼주니어의 여자 버전으로 만들어졌다고 한다. 이수만이 이끄는 SM 엔터테인먼트는 2007년 7월 6일부터 9인조 여성 그룹 소녀시대 구성원을 한 명씩 UCC를 통해 공개했다. 첫 UCC로 윤아를 공개하고 7일 티파니에 이어 8일 유리, 9일 효연, 10일 수영, 11일 서현, 12일 태연, 13일 제시카, 마지막으로 14일 써니로 개인 영상이 모두 공개되었다.

당시 고교생이었던 이들 멤버들은 그동안 학교를 다니며 노래, 춤, 연기, 언어를 아우르는 다양한 훈련을 받아 왔다. 멤버들의 연습생 기간은 평균 5년. 수영은 무려 7년의 연습생 생활을 거쳐서 소녀시대 일원이 됐다. 1989년 3월생인 태연이 맏언니였고, 막내는 1991년 6월생 서현이었다. 평균 나이 17.6세였다.

소녀시대는 2007년 8월 2일 데뷔 싱글 앨범 《다시 만난 세계》를 발매하고 3일 뒤 음악 프로그램 〈SBS 인기가요〉를 통해 정식 데뷔했다.

같은 해 11월 첫 정규 앨범 《소녀시대》를 내놨다. 이승철의 원곡을 리메이크한 타이틀 곡이 화제를 일으키며 그해 음악상 시상식에서 신인상을 휩쓸었다. 이후 〈Kissing You〉, 〈Baby Baby〉 등이 히트하며 음악 프로그램 정상에 올랐다. 당시 걸 그룹으로 넘볼 수 없는 아성을 구축하고 있던 '원더걸스'와 라이벌 구도를 이루게 됐다.

2009년 1월 첫 미니 앨범 《Gee》가 중독성 있는 노래와 안무로 선풍적 인기를 끌었다. 이로 인해 국내에 화려한 컬러 스키니진 패션이 유행했고, 이른바 게다리춤은 유튜브 동영상 등을 통해 세계 각국에 퍼졌다. 소녀시대는 같은 해 6월 두 번째 미니 앨범 《소원을 말해 봐》에서 제복 콘셉트와 제기차기 춤으로 폭발적인 화제를 모으며 거대한 팬덤을 구축하기 시작했다. 12월 개최된 서울 단독 콘서트는 순식간에 매진됐다.

이 시기 리더 태연은 드라마 〈쾌도 홍길동〉과 〈베토벤 바이러스〉 OST로 음원 차트를 휩쓸었다. 태연이 부른 〈만약에〉와 〈들리나요〉는 소녀시대 멤버들이 단순히 눈요기에 그치는 아이돌이 아니라 가창력을 갖춘 가수 그룹이라는 이미지를 심는 데 큰 역할을 했다.

2010년 1월 두 번째 정규 앨범 《Oh!》 역시 큰 성공을 거뒀고, 3월 신곡을 추가해 만든 리패키지 앨범 《Run Devil Run》도 연속 히트했다. 소녀시대는 이해 6월 일본 진출을 선언했다. 〈Genie〉와 〈Gee〉, 〈Mr. Taxi/Run Devil Run〉 등을 잇달아 내놓으며 오리콘 차트를 점령했다. 2011년 6월에 발매한 일본 첫 정규 음반 《GIRLS' GENERATION》은 87만여 장을 팔아 한국 여성 음악 그룹으로는 처음으로 밀리언셀러로 등극했다.

이해에 국내에서 세 번째 정규 앨범 《더 보이즈The Boys》를 내놨다. 이어 미국에서 싱글을 발매하며 세계 진출에 나섰고, 앞에 언급한 것처럼 미국과 유럽의 방송에 출연하며 전 세계 음악 팬들의 주목을 끌었다.

2012년 4월에는 멤버 태연, 티파니, 서현의 앞 글자를 따온 유닛 그룹 '소녀시대-태티서'를 결성하고 미니 앨범 《트윙클Twinkle》을 발매했다. 2013년 네 번째 한국 정규 앨범 《아이 갓 어 보이I Got a Boy》가 발매됐다. 랩 중심의 힙합풍으로 시작되는 곡은 본격적인 도입부에서 일렉트로닉으로 변모하는 등 다양한 장르를 교차시킨다. 다소 실험적인 곡이었는데, 이마저 히트시키면서 역시 소녀시대라는 평을 들었다. 이해 6월 서울 올림픽공원 체조경기장에서 첫 월드투어 콘서트를 열었다.

2014년 2월 네 번째 미니앨범 《미스터 미스터Mr. Mr.》는 실험성보다 대중성을 강조했고, 역시 음악 차트 1위를 휩쓸었다. 이 앨범은 9인조 원년 멤버의 마지막 공식 앨범 활동으로 남았다. 같은 해 9월 제시카가 '탈퇴-퇴출' 논란 끝에 그룹에서 빠진 탓이다.

소녀시대는 스캔들이 없는 대표적인 걸 그룹이었으나, 이 시기부터는 각 멤버의 열애설이 잇달았다.

2015년 4월, 8인조 체제로 첫 싱글 《캐치 미 이프 유 캔Catch Me If You Can》을 공개했지만, 방송 활동이나 콘서트 등은 하지 않았다. 같은 해 7월 선先 공개 싱글 앨범 《PARTY》를 발매했고 8월 다섯 번째 국내 정규 앨범 《Lion Heart》를 내놨다. 2016년 8월 싱글 앨범 《그 여름 (0805)》을 통해 건재를 과시했던 소녀시대는 2017년 10주년을 맞아 기념 앨범을 내놨다.

소녀시대의 개가는 SM의 장기 기획 프로젝트 결실이었다. 멤버들은 각 개인별로 자신의 장기를 발휘하면서 그룹으로서는 화려한 군무와 노래로 강렬한 이미지를 심었다. 이는 어려서부터 음악, 춤, 외국어 등을 체계적으로 훈련받은 덕분이었다.

　인권 측면에서 보면, 어린 재능을 혹사시키는 것을 긍정하기는 어렵다. 그러나 우리 대중문화의 자산으로써 아이돌 그룹이 끊임없이 재생산되고 있는 게 현실이라면, 그들이 스타로서 생명력을 지닐 수 있도록 그 바탕을 제대로 다질 필요가 있다는 것에 동의한다. 데뷔한 후엔 국내외 활동을 전략적으로 펼쳐서 글로벌 경쟁력을 키워야 한다. 그 모델이 바로 소녀시대라고 할 수 있다.

　소녀시대는 초기에 멤버 수가 많아 혼란스럽다는 이야기를 듣기도 했으나, 각 멤버의 개성이 뚜렷하게 드러나면서 다채로운 매력으로 관객을 유인하는 요인이 됐다. 데뷔 후 각종 음악 방송에서 100회 이상 1위 트로피를 거머쥔 것은, 그 매력 발산의 자연스러운 결과였다. 물론 시간이 지나면서 걸 그룹으로서의 인기가 꺾이는 한계를 드러냈다. 이를 극복하기 위해 태티서와 같은 유닛 활동이 나타났다. 또한 태연뿐만 아니라 써니, 티파니, 효연 등도 솔로 가수로 나서 입지를 다지고 있다.

　소녀시대 멤버들이 연기 세계에 뛰어든 것은 꽤 됐다. 그 선두 주자인 윤아는 KBS1 TV 〈너는 내 운명〉(2008~2009)의 주인공으로 이미 탁월한 연기력을 과시한 바 있다. 그녀는 드라마 〈사랑비〉(KBS2, 2012), 〈총리와 나〉(KBS2, 2013~2014), 〈THE K2〉(tvN, 2016) 등과 영화 〈공조〉 등에서 활약했다. 중국 후난위성 TV에서 방송된 드라마 〈무신 조자룡〉에서 주인공 하후경의 역을 맡아 중국 내 열풍을 일으키기도 했다. 윤아는 2017년에 MBC 월화드라마 〈왕은 사랑한다〉의 여주인공으로 시청자를 만났다.

　유리는 SBS 드라마 〈패션왕〉(2012)에서 앤태거니스트antagonist 역할을 인상적으로 해냈다. 나는 이 드라마를 보며 유리가 맡은 최안나를 무척 미워했다. 유리가 얼마나 극에 잘 녹았는지를 알 수 있다. 그녀는 2016년에 지성과 호흡을 맞췄던 SBS 〈피고인〉에서 변호사 서은혜로 완벽하게 변신하며 톱 배우의 반열에 올라섰다.

수영은 MBC 드라마 〈내 생애 봄날〉(2014)에서 호평을 받았다. 나는 이 드라마를 좋아해서 빠짐없이 시청했다. 장기를 기증한 사람의 성격이나 습관이 이식 수혜자에게 전이된다는 세포 기억설Cellular Memory을 소재로 한 드라마 줄거리는 진부한 것이었다. 그러나 남자 주인공 감우성의 노련한 연기가 진부함을 이겨냈다. 그를 사랑하는 역할을 한 수영도 극 초반에는 발랄한 면모를, 중후반에는 절절한 감성을 내보이며 자기 역할을 잘 소화했다. 수영은 이후 〈38 사기동대〉(OCN, 2016) 등에서 연기력을 쌓았다.

막내 서현노 연기자 대열에 가세했다. 그녀는 드라마 〈열애〉(SBS, 2013) 〈달의 연인 : 보보경심 려〉(SBS, 2016) 등의 조연을 맡고 종종 뮤지컬 무대에도 서며 연기에 대한 감을 익혔다. 2017년 CJ E&M의 5부작 〈루비루비럽〉에서 주역을 시도해 본 그녀는 MBC 50부작 드라마 〈도둑놈 도둑님〉의 타이틀 롤을 차지했다. 극 중에서 서울 중앙지검 특수부 수사관 강소주 역을 맡아 맹활약을 하고 있다.

이처럼 소녀시대는 솔로 가수로, 연기자로 각자도생의 길을 열고 있다. 이들이 긴 호흡으로 우리 곁에 살아남아 여전히 반짝이기를 바란다. 2017년에 완전체로 10주년 앨범을 낸 것처럼, 오랜 시간이 지난 후에도 '소녀시대'의 이름으로 가끔 뭉쳐서 노래를 불러 줬으면 한다. 이는 세계를 놀라게 했던 한국 대중문화의 큰 별로서의 보람이자 의무라고 생각한다. '소녀시대' 상표권을 갖고 있는 SM이 같은 생각을 해 주기를 바라마지 않는다.